無口な担当医は、彼女だけを離さない。

透乃 羽衣

STARTS
スターツ出版株式会社

誰のことも信じられなくなり、
孤独だった私を救い出してくれたのは、
ひとりの医者だった。

「お前自分の状態分かってんのか」

最初は無愛想な人、としか思っていなかった。
口も悪いしおまけに過保護。
でも、とある出来事から同居することになって……？

「だからいつまでもひとりで抱え込んでんじゃねーよ馬鹿」
「もう栞麗の顔見ただけで何考えてるか分かるわ」

気がついたら、
君から離れられなくなっていました。
ねぇ世那くん、
私を見つけてくれて、ありがとう。

目次

過去と現在 6
突然の同居 39
放っておけない彼女〜世那side〜 65
きっとこれは 71
君はまるで 110
消えないもの 129
日常に君がいない 176
過去の答え合わせ 242
それぞれの道へ 286
あとがき 300

過去と現在

　今日も繰り返される変わらない日常。不満なわけでもないけれど満足しているわけでもない、そんな毎日。

　ただふとした時に感じる虚しさ。この気持ちが拭える日なんて来ないものだと思い込んでいた。

「ねぇ、今日栞麗がいるお店行ってもいい？　ほら、みんなも連れてさ！」

「ん〜」

「栞麗聞いてる？」

「……え、あっ、ごめん何だっけ」

「もー、だから！　夜お店行くねって」

「えっ、今日？」

　ずっと私の隣で、忙しく口を動かしている友達の日和。

　よくそんなに話せるなぁと思いながら、何も聞いていなかったのがバレた。

でも今日は仕方ない。なぜなら今日の私の体調は最悪。

元々喘息の持病がある私の毎日で、調子のいい日なんて滅多にないけれど。

それでも今日はなかなかにきつい。朝市販の薬、ちゃんと飲んだはずなんだけどな。

本当は六時間あけなきゃいけないけれど、この調子じゃ夜までもたないので新しい薬を無理矢理口に入れる。

「それ、市販の風邪薬？」

「そうだけど」

「私何回も病院行きなって言ってるじゃん～、治ってないんでしょ？」

「まぁね」

「医者にいい思い出ないのは分かるけどさ、そのまま悪化する方がしんどくない？」

そう。私は喘息を患ってはいるが病院には通っていない。

理由はさっきも日和が言ってたけれど、医者にいい思い出がないから。

うちは母子家庭で、お母さんは片親ながらも頑張って私を養ってくれていた。

その頃は定期的に病院にも通って薬を貰っていたし、分かりやすく体調が悪化することはなかった。

しかしそんなお母さんは私が十五歳の時に他界した。過労だった。

あの日の救急車のサイレン音、病院でお母さんが先生達に囲まれている姿。今でも頭にこびりついて離れない。

私は後悔してもしきれなかった。

私が持病なんかない健康な子供だったら、お母さんの負担が少なかったのも事実。

そんな自分の体を何度恨んだか分からない。

お母さんが他界した後、私は施設に入ることになる。

親戚の家に引き取られる選択肢もあったらしいが、大人は私をいらないものとして扱った。

その時、もう自分の味方はいないんだと悟った。

でも今考えると周りの大人達にも同情してしまう。

いきなり十五歳の子供を引き取ってほしいと言われ、喜んで「はい」と言う人はいないだろう。

施設に入るもそこの子供達と上手くいかず、居場所はほとんどなかった。

高校のクラスメイトとも金銭感覚や話が合わず、三年間友達を作ることは出来なかった。

お母さんがいなくなってしまったことによって、私自身が心を閉ざしていたからというのもあるけれど。

そのうち施設の大人も私を面倒くさい子供だと思ったのか、明らかに私に対する対応が雑になった。

その要因はやはり持病だった。

月に一回病院に通わなければいけなかった私は、施設から近い病院に転院することに。

そこで私の担当医になった男が……本当に思い出したくもないほど気持ち悪かったのだ。

四十代くらいの医者で、診察のたびに看護師さんの隙を見て私の体を触ってくる。

私が施設の子供だと分かり、声を上げないと思ったのか、その行為は三年間続いた。

もちろん最後まで施設の大人はこのことを信じてはくれなかったし、私自身も途中から諦めていた気もする。

この医者のせいで、私の病院へのトラウマは更に加速した。

そんな地獄のような三年間を過ごした後、私は晴れて大学生になった。

無事関東の国立大学に合格し、高校卒業と共に上京。

施設での暮らしからは一変、ひとり暮らしは想像以上に快適だった。

奨学金を借りながらの生活だったので、金銭面は少し大変だったが、何より精神的にすごく楽。

それだけで幸せだと思えた。

そのうちに同じ学部の日和と知り合い、今では過去のことを話せるくらいまで仲良くなれた。

生い立ちだけを見れば私はすっごく可哀そうな人だと思われがちだけど、そんなことはない。

生前お母さんはたくさん私を愛してくれたし、時間はかかったけれど今こうやって仲のいい友達もできた。

ただひとつ過去のことで支障があるとしたら、人をなかなか信用できなくなってしまったこと。

もちろんあれから病院には行けていないし、医者以外の人のことまで疑って入る性格になってしまった。

だから私はこれからも病院に行く気はない。

「てか何回聞いても気持ち悪すぎでしょ、その医者。施設の人もだけど私一生許さないから」

「ふ、なんで日和がそんなに怒るの」

「当たり前だよ！ 私の大事な栞麗に酷いことしたんだよ、許せるわけない」

日和は本当に優しい。

初めて私が過去の話をした時、本気で施設や医者に怒鳴り込みに行こうとしてくれた。

その時にやっと、自分は間違ってなかったんだなと思って泣いたのを覚えている。

……懐かしいな。

「過去の話だし、医者全員があんなやつじゃないっていうのは分かってるんだけどね。……あ、やば。私バイト行くね」

「うん！　じゃ、また夜！」

今日は三時間ファミレスでバイトした後に、夜の十時まで居酒屋でバイト。

体調は絶不調だけど、夜には日和達が来るし頑張ろう。

＊＊＊

その日の夜。

昼間より体調が明らかに悪化している。喘息の症状から頭痛までしてきた〟

病院に通わなくなり、バイト漬けになった頃からどんどん喘息が酷くなってきているのは自覚していた。

おそらく疲れと睡眠不足が積み重なってるんだとは思うけど。

もうこの生活も三年目だし、今更やめるわけにもいかないので今に至る。


「七名様ご来店でーす」

「いらっしゃいま……え？」

「あ～！　ほらあの子！　やっほ栞麗」

そこにいたのは私と同じ学部の結衣ちゃんと桜ちゃん、日和。

うん、ここまでは分かる。でもその後ろに……。

「え、この子が栞麗ちゃん？　待ってほんとに可愛いじゃん！」

「だから言ったじゃないですか！　あ、栞麗お疲れー！　この後超可愛い友達のバイト先にも遊びに行くって言ったら、瞬太さんとかめちゃくちゃ食いついてきてさ、連れてきちゃった！　はい！　この子が例の超可愛い斎藤栞麗ちゃんです！」

「結衣ちゃんまじナイス！　栞麗ちゃん初めましてー！」

瞬太さん、という方は結衣ちゃんともかなり距離が近くて、既に酔っている様子。

結衣ちゃんが連れてきたのはその男の人だけではなくて、その後ろにも数人いた。

こっそり日和に話を聞くと、前のお店で隣の卓に座っていた男の人四人組と結衣ちゃん達が、お酒の勢いもありかなり仲良くなってしまったようで……そのままちのお店になだれ込んできた、という感じらしい。

「栞麗ごめん、結衣達結構お酒進んじゃったみたいで聞かなくて……」

「いや全然！　そんなこともあるよね」

ただひとり、物凄く申し訳なさそうな顔をして私に耳打ちしてくる日和。

男女が飲みの場で仲良くなって……なんてことはよくある話なのに。

「実はさ……医者みたいなんだよね」

「ん？」

「あの四人、全員。うちの医学部のＯＢで……」

勘の悪い私はここでやっと、日和がずっと気まずそうにしている理由が分かった。

医者だと知ってから見ると急に抵抗感が出てきてしまい、表情が固まる。

「ほんとごめん……栞麗、無理だよね？　でも勝手に結衣達に栞麗のこと話すのも違うなって思って言えなくて」

「日和は悪くないよ。私も思ったより大丈夫だし」

「え、ほんとに？」

「うん」

日和をこれ以上困らせるわけにもいかず、私は咄嗟に嘘をついた。

大丈夫。ただの医者。それに病院でもないんだし、ずっと一緒にいなければいけないわけでもない。

時計を確認すると、もうすぐ夜の八時半を回るところだった。

まずはあと一時間半、バイトをやり遂げなくちゃ。

「いきなり来ちゃってごめんね！　えっと静かなこいつらは右から侑季(ゆうき)、海斗(かいと)、世那(せな)！　で、俺が瞬太です！」

「ど、どうも……あ、じゃあ、あそこの奥の席座っちゃってください」

「瞬太残念。ガン無視されちゃったね」

「海斗お前、まじでうるさいからな」

こんな感じの人への対応も普段なら、なんの苦でもない。だけど、なんだか今日はダメな日みたいだ。

大きな声が頭の奥に響いて、笑顔を作ることすらちゃんとできているのか分からない。

「皆さん最初何飲みますか？」

「じゃあいったん、ビール人数分お願いします！」

「え〜私はもう無理です！　甘いのとか飲みたいな、柊(ひいらぎ)さんは何飲みます〜？」

「……」

「栞麗ちゃんとも一緒に飲みたかったわ、ねぇこの後こっち来れないの？」

「あ、いや、今日はちょっと」

正直、今すぐにこの場から抜け出したい。

お店も一番バタついている時間だし、早く厨房に戻らないと。

それなのにさっきから全く頭が働かない。体もだるいし、もしかして今日熱出るやつかな。そんなことをぼんやりと考えていると。

「お前らいいから頼むの決めろよ、待ってんだろ」

やけに通る男の人の声がして顔をあげると、一番奥に座っている男の人がこちらを見ていた。

見ているというよりは睨(にら)んでいる、の方が正しいかもしれない。

不機嫌そうな彼は恐らく世那……柊世那、という名前だった気がする。

先ほど瞬太さんがざっくりと名前を教えてくれた時に、結衣ちゃんががっつり隣で話しかけていたのにもかかわらず、ずっと無視を貫いていた人。やはり今も少し感じが悪い。

　合コン状態になってしまった飲み会が嫌いな気持ちは分かるけれど、あそこまで態度に出さなくても……と体調が悪いながらに思ってしまった。

「あー！　ごめん！　もうちょっと決めるのに時間かかりそうだから、少し経ってからでもいい？」

「あ……はい！　じゃあ一回、失礼します」

しかし柊さんが瞬太さん達に呼びかけてくれたおかげで、私はすんなりと厨房に戻ることができた。

私が困っているのを察してくれたのかな、なんて一瞬思ったけれど、どうなんだろうか。

そこまで気が使えるのならば最初からあんな態度は取らないと思うし、きっとたまただ。

でも助けられたのは事実なので、心の中では少し感謝しておくことにした。

その後もずっとお店中を走りっぱなしだった私は、バイトが終わった後になって、やっと自分の体調の悪さに気が付いた。

喘息はもちろん、これは絶対に熱も出ている。

一時間半前は平熱と微熱を彷徨っているくらいだと思っていたけれど、今は自分でも分かるくらい体が熱い。

だめだ。今日はもう早く家に帰ろう。明日も一日授業がある日だし、大学に行けなくなったら元も子もない。

「すみません、お先に失礼します。皆さん楽しんでください！」

「栞麗ちゃんまた違う日に飲もうね～！」

「気を付けて！」

せっかく来てもらったのに、何も言わずに帰るのはあまりにも申し訳なくて、最後の気力を振り絞って帰り際に挨拶をして私はお店を出た。

日和が私の体調が悪化していることに気が付いて、話を長引かせないようにしてくれたから、だいぶ助かった。

これでやっと家に帰れる。静かな場所で休める……そう思ったのはほんの束の間。

「おい」

「……え？」

お店を出てふらふらと歩いていた私の腕を誰かが掴んだ。

夜道だったし少し怖かったけれど、振り返る前に誰に引き留められたのか声で分かった。

「あの……」

「最初顔見た時からなんか怪しいとは思ってたけど、普通に熱あるじゃねぇか」

「いや、なんの話ですか」

「とぼけんな。お前、喘息あるだろ。さっき市販薬飲んでたけど、病院は行ってんのか」

お店を出た私の後をつけてきて、しかも引き留めてきたのは例の無愛想男、柊世那。

それよりも問題なのは、体調不良がバレてしまったこと。

一緒に飲んだわけでもないのに喘息のことまで見透かされ、この男に対して若干の恐怖を覚える。

しかもいきなり腕まで掴まれて、不信感しかない。恐怖心を押し殺し、男を睨みつける。なんと言ってごまかそうか。

「ごめんなさい。急いでるので、離してもらってもいいですか?」

「余計なお世話かもしれないけど、呼吸器内科医としてここまでやばいやつ野放しにできないんだわ。今度うちの病院来てくれない?」

「いや行かないですって……失礼します」

「あ、おい待て」

なんなのあの人。よりにもよって呼吸器内科医なのか、そりゃ気づかれるのも当たり前だ。

それでも病院に行くなんて死んでも無理。やっとひとりになれて病院に縛られない生活を送れるようになったっていうのに。

私はその医者の手を無理矢理振り払って、小走りで逃げた。

「お前自分の状態分かってんのか」

「ごほっ……もうついてこないでください。なんなんですか」

ああ、まずい。呼吸が苦しくなってきた。目の前が白く霞む。

必死で逃げていたはずなのに、私はいつの間にか道端の道路に座り込んでいた。

「落ち着いて、ゆっくり息吸って」

そう言って私の背中にあの人の手が触れる。

その瞬間、過去の記憶が走馬灯のように一気に蘇ってきた。

手を振り払いたいのに、意識が朦朧として力が入らない。

異様な程に熱い私の手が地面に落ちて、ひんやりとした感触が伝わる。

「おいしっかりしろ、おい」

最後に聞こえたのは、あの人の冷たい声だけだった。

＊＊＊

病院に運ばれたなんて、思いもしなかった。

……あの人の顔を見るまでは。

「斎藤さん、体調どうですか」

「……なんで」

「斎藤さんの担当医になりました、柊世那です」

そこには白衣姿の柊さんがいた。

頭が追い付かないまま、私は看護師さんに促され上半身を起こす。

「覚えてます？　昨日の夜倒れたこと」

「はい……すみません」

世那さんに説明され、なんとなく昨夜の出来事が蘇ってきた。

あの後私は救急車に乗せられる際、少しパニックを起こしてしまった。

救急車に乗るだけなのに過呼吸になってしまうくらいだったから、明らかにおかしい人だと思われているに違いない。

消えたい。恥ずかしすぎる。もう子供じゃないのに人前であんな取り乱し方……。

「で、そのまま色々検査させてもらったんですけど、かなり喘息の症状が悪化していました。念のため数日入院していただきたいのですが」

「えっ……入院、ですか」

「ええ」

そこまで自分の喘息が悪化しているとは思わなかった。

でもやっぱり入院なんて絶対に無理。考えられない。

私の場合、体調が良くなる前に確実に精神的な限界が来るに違いない。

それにこれからこの人にしつこく体調について口出しされるようになったら、また定期的に病院に通わなければいけなくなる。

医者と接触するのが苦痛なのはもちろんだけど、ただでさえカツカツな生活をしているというのに、更に通院費や入院費なんて出せるわけがない。

「入院……は、できないんですけど」

「それはなぜ？」

「金銭面的にも、色々と」

私は柊さんから目を逸らして、必死に言い訳を考える。

病院が苦手、なんて言えるわけがないけれど、ここはどうにか帰れる方向にもっていかないといけない。

それより、柊さんの態度が昨日と変わりすぎていて怖い。

若干のぶっきらぼうさはあるものの、あの口の悪さはどこへといった感じ。

「金銭面は正直、なんとでもなりますよ。今の斎藤さんの状態は、このままひとりで帰せるほど良くはありません」

どうしよう。逃げ道が全くない。

……でも少しなら、少しならきっと大丈夫だよね。

あの時の医者じゃない。この人はきっとそんなことはしてこない。

でもしかしたらと、今でも考えてしまう。

「……数日、なら」

「では後で入院の手続きをしてもらいますね。その前に一度聴診してもいいですか」

その単語を数年振りに聞いて、心臓が嫌な音を立てる。

数秒耐えるだけ、頭ではそう分かっているのに、手の震えと動悸（どうき）が止まらない。

今もここまでトラウマが残っていることがかなりショックだった。

病院や医者を避け続けて生きてきてしまったからこそ、全く関係のない医者の前でさえもパニックを起こしそうになる。そんな自分が情けなかった。

「……先に手続きしましょうか」

「え、」

「書類持ってきますので、少しお待ちください」

ぱっと顔をあげた時には柊さんはもういなくて、私は病室にひとりだった。

なに、今の。

もしかして聴診ごときでフラッシュバックしたことがバレて、気をつかわせてしまったのだろうか。

少しほっとした自分もいたけれど、それと同時に劣等感を刺激された。

これから、どうすればいいんだろう。

入院がどのくらいの期間続くのかは分からないけど、私が耐えられなくなってしまうのもきっと時間の問題な気がする。

入院期間中、聴診や検査のたびにパニックを起こすわけにもいかない。

でもこれはやはり全てあの医者のせいで。

医者が全員あんなことするわけがないのに、心のどこかでまたそういう医者に出くわすんじゃないかと思ってしまう。

これからもこの記憶を忘れられることなく生きていくのかと思うと、時々たまらないほど消えたくなる。

また私は沢山の人に迷惑をかけるんだろうか。

あ……バイトのシフト、誰かに代わってもらわなくちゃ。日和達にもなんて説明しよう。

大学もテスト近いのに、また休んじゃって試験大丈夫かな。

ネガティブな感情が私の頭を蝕んでゆく。

「うー……っ」

今までの疲れとか、自分の弱さとか、まだなんとなくだるい体とか。

全てが嫌になってしまって涙が溢れた。

だめだ、これは完全に弱っている。普段の私はもう少し強いのに。

どうにかして涙を抑えようとするけれど、なかなか止まらない。

腕に冷たい涙が伝って、白いシーツを濡らした。

そこまで遠くには行っていないだろうし、きっともうすぐ柊さんも戻ってくるだろう。

こんな失態、人に見せられるものじゃない。早く涙を止めないと。

そんな私の思いは無残に散り、カーテンが開いた。

「……あ、……」

涙で滲んだ視界の中で、柊さんと目が合ったのが分かった。

すぐに目を逸らして手で顔を覆うけれど、もう手遅れ。

静かな病室に響くのは、柊さんが近づいてくる足音と自分の嗚咽だけ。

最悪だ。昨日から最悪なことばかり。

昨日会ったばかりの人の前でこんな姿を晒してしまうなんて。今すぐに布団の中に隠れたくなった。

それなのに、自分の口から出る言葉は驚くほど弱々しくて。

「ごめんなさ……っ、あ、の。これ、ちがくてっ……ごめんなさい」

「謝んなくていいから」

急に昨日の柊さんに戻った気がして、少し力が抜ける。

昨日は口が悪くて無愛想な態度を取る柊さんのことが少し怖かったけれど、さっきの仕事モードの柊さんよりずっといい。

ずっと淡々と話す事務的な声が、なんだか怖かったから。

「入院……やめようか」

「え、でも」

「その代わり、一週間は念のため診察来て。薬も出すから、何か食べてから飲むこと。ゼリーとかだけでもいいからちゃんと食べろよ」

「はい……」

柊さんは素直に頷いた私の額に手を当てた。

「ん、だいぶ下がったな。まあ今日のところは大丈夫だろ」

まさか触られると思っていなかったのでびっくりはしたけれど、不思議と昨日のような不快感はなかった。

反射的に肩が上がってしまった私を見て、柊さんは慌てて言う。

「悪い、俺、手……ごめん」

「いえ、大丈夫です……あ、これはほんとに」

私がまたパニックを起こすと思ったのか、焦った表情を見せていた。

「あ、もしもし柊です。斎藤さんやっぱ入院なしで。……うん、うん。はいよろしく」

柊さんは看護師さんに連絡をした後に、帰る準備ができた私のことを病院の入り口まで送ってくれた。

さっき泣いてしまったせいで目が腫(は)れているのか、瞼が重たいし体も何となくだるい。

「本当に色々すみませんでした……」

「別に。あ、これ俺の連絡先」

「え?」

「お前の場合、連絡取れないと不便だから。急に来なくなりそうだし」

「医者って患者と連絡先交換していいんですか……」

「元々は居酒屋で会ったから問題ない」

へりくつ……。

「じゃ、また明日。時間決まったら連絡するから」

「あ……はい、失礼します」

最後まで泣き腫らした目が気になって柊さんと顔を合わせられなかったけど、病院から出られてやっと息がしやすくなった気がした。

過去の記憶を消せる薬がほしい。

たとえお母さんとの思い出まで消えてしまっても、それでいい。

今となっては、お母さんのことも忘れてしまった方が楽なのかもしれないから。


夢を見た。

その夢にはお母さんがいた。

高校の合格発表の時、私よりも喜んでくれたこと。

合格祝いと言って薄ピンクのパスケースを買ってくれたこと。

どれだけ仕事で帰るのが遅くなっても、私の寝室まで来てくれたこと。

忙しいはずなのに学校の行事には必ず来てくれたこと。

何よりも感謝しているのは、生活するだけで精一杯だったはずなのに私の進学費用を貯めてくれていたこと。

お母さんのすべてが大好きで、私の中心だった。

それなのに私は自分の手でその幸せを壊したのだ。

これが今までの私の人生で一番の後悔。

＊＊＊

次の日の朝。

目が覚めると頬が微かに濡れていたことに気づき、一気に現実に戻された。

スマホを見るとバイト先の小林さんからの着信、日和からのメッセージが大量に入っていた。

「あ……バイト、連絡……」

昨日は色々疲れていたのか家に帰ってからすぐに寝てしまったので、結局一度もスマホを見ずに今日を迎えてしまった。

まずい。初めてバイトを無断欠勤してしまった。

急いでバイト先に折り返しの電話をかける。三コール目くらいで電話は繋がった。

「お疲れ様です、斎藤で……」

「栞麗ちゃん⁉　あー良かった繋がって！　栞麗ちゃんが何も言わずに休むなんてことないから心配したよ～」

遮って聞こえてきた小林さんの言葉で、ひとまずほっとした。

その後私は小林さんに、体調を崩してしまったこと、今日は問題なく出勤できることを伝え電話を切った。

その後にずっと心配させてしまった日和にも連絡を返し、ひと休み。

「そういえば、薬……」

昨日病院でもらった薬の存在を思い出し、まだ少しだるい体でかばんを取りに行く。

「え、一回に四種類も……？」

通院するとしたら一日三回、四種類もの薬を飲むことになるのか。

一気に憂鬱（ゆううつ）な気持ちが押し寄せる。

「だから行きたくなかったのにな」

今さら症状の改善を望んでるわけでもないし、そこまでして薬を飲む理由が見いだせない。

今日も病院に来いとは言われているものの、やはり足が進まない。

適当な理由を作って断ろうかな、とこの期（ご）に及んで最低なことを考えてしまう。

診察の時間が決まったら連絡すると言われた気がしたけれど、何時になったんだろう。確か連絡が入ってた気がする。そう思い私はもう一度スマホを手に取る。

『柊です。今日十六時から予約取れたけど時間空（あ）いてる？』

「あ……ちょうどバイトの時間」

うん、これは仕方ない。断れる理由ができて少し嬉しいと思ってしまった。

なぜか私の体調を気にしてくれている柊さんには申し訳ないけれど、さすがの私でも嘘をつくのは心苦しかったからちょうどいい。

『斎藤です。すみません､その時間はバイトが入ってしまっているため厳しいです』

そう返信すると思いのほか早く既読がついた。時間的にちょうどお昼休憩だったのかもしれない。そしてなぜか、すぐに電話がかかってきた。

「……もしもし？」

急にかかってくる電話ほど怖いものはないけれど、今電話を無視した方が後から怖いことになる予感がして、私は仕方なく電話に出た。

「おいお前何考えてんの？」

「な、何ってなんですか」

「なんで熱あんのにバイト行くんだよ馬鹿か」

「ぇぇ……？」

突然の電話で、まさかのお説教。

というか、多分もう熱はないと思うんだけど……。

「いいか、今日は病院に来る時以外、外出んなよ」

「いやいや……昨日もバイト休んじゃってるので、それは無理です。というか、なんで私の行動まで制限するんですか」

「今どこ？　家？」

「家、ですけど」

「俺今空いてるから来れない？」

「は、今ですか⁉」

「うん、ちょっと来て。じゃ」

柊さんは一方的に話を終わらせ、電話を切った。

やっぱりこの人、強引すぎる……。

まさか会って間もない医者に行動制限までされるとは思わなかった。

でも来いと言われてしまったものはしょうがないので、渋々支度を始める。

軽くメイクをして、髪は巻く気力がなかったので何もせずに下ろすことにした。

いつも外に出る時はできるだけ髪を巻くよう心掛けているが、今日は例外。

髪をセットしていない自分の姿を久しぶりに見ると、なんだか違和感。

けれど今はそんなこと気にしている暇はない。

私のマンションから病院までは、歩いて十分ほど。しかし喘息のため普段激しい運動を避けて生きている私からしたら、体感三十分くらい。

やっと病院に着いたけれど、入り口が見えてまた帰りたくなってしまう。

やっぱり無理かも、帰ろうかな。そう思った時、また柊さんから電話がかかってきてしまった。あまりにも私が病院に着いたタイミングとぴったりすぎて、監視されているのかというレベルだ。

「はい……」

「着いた？」

「あ、いやまだ、です」

「嘘つくな」

「え？　あ」

やっぱりGPSでも付けられているのだろうかと思った時、前方から柊さんが早歩きで近づいてきた。

「お前俺が来なかったら帰るつもりだったろ」

「すみません……」

柊さんには何もかもがお見通しみたいで嘘が付けない。

見つかってしまったからには中に入るしかなく、柊さんの後ろをとぼとぼと歩く。

「薬飲んだ？」

「まだ、です」

「ご飯は？」

「いえ……」

「……ま、いいや。入って」

とうとう診察室に着いてしまった。

やはりこの空間、慣れない。入るだけで一気に緊張感が増してしまう。

「あのさ。診察の前に担当医として一個聞きたいんだけど」

「はい」

「病院が苦手なの？　それとも男が苦手なの？」

「病院、も、男の人も、です」

「そっか、せめて担当医は女性の方がいいよな」

「あ、大丈夫、です。私もそろそろ忘れなきゃなって思ってたので……平気です」

「無理矢理忘れようとしなくちゃ忘れられないことは、無理して忘れなくていい。俺が担当医でいることよりもお前が楽な方でいい。気使わなくていいから」

「別に気使ってるわけじゃ……ないですけど」

ほんとなんなんだ、この人。こういう時は優しい言葉をかけてくるなんて。

本人は顔色ひとつ変えずに言っているから、こちらの調子が狂ってしまう。

今までこんな人に出会ったことがなかったからこそ、単純な私はこの人に全てを話したくなってしまう。

出会ったばかりだし、そんな簡単にこの人を信用することはできないけれど、今まで会った人と何かが違うということだけは分かっていた。

いつかは話さなきゃいけなくなるわけだし、もう今言ってしまった方が自分も楽なのかもしれない。

でも、何から話せばいいのだろう。お母さんのこと？　それとも、施設で暮らしてたこと？

今の私と柊さんの関係で話すには、気が重くなってしまうことばかりで嫌になる。

それでもやっぱり私は、この人に自分のことを知ってほしいと思った。

そんなことを思った人には初めて出会った。

「あー……違う。ごめん。無理に聞き出したいわけじゃなくて」

「え？　無理、してないです」

「いや手震えてるし」

本当に無理はしていない。けれど話の内容が内容なので、やはり体は拒絶反応を示してしまう。

話すべきことは山ほどあるはずなのに、全て喉の奥に引っかかって出てこない。

震える両手をぎゅっと握りしめて、私は言う。

「話したくないわけじゃないんです、でも……話そうとするとこうなっちゃって。でもゆっくりならきっと話せます」

「……そう？」

時々息が詰まりそうになったけど、私はゆっくりと話し続けた。

どれだけ私が言葉に詰まっても、柊さんは待ち続けてくれる。それが何よりもありがたかった。

でもやっぱりあの医者のことを話す時だけは耐えられず、涙が出た。

泣くつもりなんかなかったのに、また昨日みたいに止まらなくなってしまった。

会ったばかりなのにこんなに弱い所ばかり見せてしまって、少し恥ずかしかったけれどほんの少しだけ嬉しくて、自分の気持ちがよく分からない。

「分かった。嫌なこと思い出させてごめんな」

私は俯きながら首を横に振る。

「その話だと聴診とかも嫌だよな」

「はい」

「服の上からとかでも厳しい？」

……それなら、大丈夫かも。そう思い私は頷く。

「了解。じゃあ聴診の時は服の上からで」

柊さんはパソコンに文字を打ちながら、診察の仕方を確認していく。

「で、薬だけど……今日はまだ飲んでないいんだっけ？」

「はい、ごめんなさい……」

「ちゃんとご飯も食べないと、またぶっ倒れるぞ」

「あんまり……食事は好きじゃなくて」

「だとしても最低限のカロリーはとれよ。じゃないとほんと危ないから」

食事が好きじゃないのは、生きるために必要な行動のひとつだから。

心の中では消えたいって思ってるのに体は生きようとしてるのが気持ち悪くて、あまり食欲がわかない。

「治療したくないなら無理強いはできないけど、ここに最悪の状態で運ばれてくるのだけはやめろよ」

「大丈夫です、もし死ぬとしても、なるべく人に迷惑はかけない形にしますので」

「例えばなんだよ」

「いや例えばって言われると分からないですけど……」

「まぁ……ただね。残された側は結構悲しいもんだよ」

「え？」

「自分が担当してた患者が死ぬのは、悲しい」

意外だと思った。

この人の態度や表面の性格だけ見て、勝手に他人になんか興味がないのかと思っていたから。

初めて、柊さんの人間っぽい部分が垣間見えた気がした。

「私は……死ねないです。お母さんに顔向けできなくなるから」

「……うん」

「私が自殺してお母さんと会えたとしても、きっとすごく悲しませるって分かってるから。だからどうしても、できないんです」

「でも生きる理由なんて、そんなもんで十分だろ」

「え？」

「理由なんか誰も明確に持って生きてねぇよ。家族を悲しませたくないなんて理由で十分だろ」

その言葉ではっとした。

初めて誰かに自分の生き方を肯定された、そんな感じ。

ずっと生きていることに罪悪感を持っていた私にとって、柊さんのその言葉はとても心に響いた。

「ありがとう、ございます……」

「別に俺はなんも。……じゃ、ささっと聴診だけするから」

その後の聴診も少しは緊張したものの、そこまで抵抗はなかった。

なんの根拠もないけれど、この人なら大丈夫かもと思えた。

「薬は昨日渡した分飲んで。思ったより回復してるから明日は来なくていいよ」

「……はい」

「はい終わり。お疲れ様」

あっさりと診察は終わり、私は病室から出ることができた。

明日病院に来なくてもよくなったことで気持ちもだいぶ楽だし、心なしか体調が回復しているような気がする。

薬を飲み続けたら劇的に体調が悪くなることもないだろうし、明日は大学にも行けるかな。

そんなことを考えながらバイトへ向かった。

突然の同居

「えっ、待って待って。そのまま柊さんの病院にかかってるの⁉」

「うん……なんか、流れで？」

次の日。私は久しぶりに日和と会い、これまでのことを話した。

日和も私がバイトの帰りに倒れたことまでしか知らなかったみたいで、なんだか予想以上に心配をかけてしまったみたい。

「でもとりあえず栞麗が病院行くきっかけになって良かったよ。柊さんに感謝しなくちゃ。私ほんとに心配だったんだから！」

「ごめんって。でも薬ももらったし思ったより元気なんだよね」

「でも無理はしないようにね。もうすぐ試験もあるし」

「そうだった……」

気が付くともう六月末。夏休み前の試験が迫っていた。

試験前はそれなりに頑張って勉強しないと単位は取れないので、私達は毎回必死。

「でもそれ終わったら夏休みだし！　あと三週間くらい頑張ろ」

「だね」

その日から私は本格的に試験勉強を始めた。

私達が所属している理学部の地球科学科は、テスト前に学生の顔が死んでいることで有名な厳しめの学部。

私は元々理系の教科が得意で、その中でも地学が好きだったからこの学部を選んだんだけど……正直大変。

持病と不健康な生活リズムのせいで、試験期間は必ず体調を崩してしまい、試験が終わっても三日くらい寝込むことが多い。

でもそのくらい頑張らないとすぐに留年が迫ってきてしまうし、せっかく受かった大学なんだからと思って、試験期間はいつも気合いで乗り越えてきた。

だから私は、病院のことなんか完全に忘れていて。

今まで病院に行く習慣がなかったこともあり、頭の中は勉強のことでいっぱい。

病院の存在を思い出したのは、柊さんからの電話がきっかけだった。

「おいてめぇ殺されてぇのか」

「あなたが言うと冗談に聞こえないんですけど」

「生意気なこと言ってないで、今どこだ。今日来る約束だろ」

「え？　……あ」

「忘れてただろ」

最後に病院に行った日から早一週間。

そういえば今日の朝メッセージが入っていたことを、今思い出す私。

「すみません、大学の試験期間中で……再来週には終わるので予約入れなおしてもらうことって」

「予約はいつでもいいけど、薬どうしてんだよ。もう昨日あたりに切れただろ」

「あ〜……大丈夫です。意外と元気、なので」

「次来た時悪化してても知らないからな」

「え？　あっ、切れた……」

若干見捨てられた感があるけど、大丈夫かな。

まぁこれで通院日の先延ばしも決まったわけだし、今は単位を取ることだけを考えないと。

私は気合いを入れ直し、再び机に向かった。

＊＊＊

「やっと終わった……」

それからまた二週間後。試験がようやく終わった。

もう三年目になるけど、この試験後の解放感はいつ感じても最高。

きっと今回も単位は取れているはず。自分でもかなり手ごたえがある。

「あーやっと終わった！　もう今日は帰ってすぐ寝よ……」

「私も……」

テストが終わって気持ちは解放されたけど、毎度のことながら体調は悪化した。

体が異常にだるい。恐らく熱があるのと、喘息の症状が出ている。

きっとこのまま病院に行ったら今度こそ柊さんに怒られてしまうので、明日の通院日までにどうにかして治さないといけない。

私は家に着いた途端、ベッドに倒れこんだ。

「はぁ……久しぶりにがっつり寝れる……」

ちゃんとベッドで寝るのはかなり久しぶり。

その日は疲れすぎていたこともあって、そのまま次の日まで眠ってしまった。

次に目が覚めた時にはもうお昼時。病院の予約は十七時からなので、ちょうどいい時間だった。

「うわ、最悪」

久しぶりに自分の顔を鏡で見た。酷い顔だ。

大学に行く時はマスクで誤魔化していたけど、よく見るとクマも酷いし血色も悪すぎ。

さすがにこんな顔で病院に行くわけにはいかない。

二週間振りにメイクをすると、いかに自分の顔がボロボロだったのか分かる。こんな顔で大学に行っていたのか……。

服は適当に、Tシャツにロングスカートを着た。

準備が終わってもまだ時間があったので、夏休み後に提出するレポートを進める。

大学生の夏休みは長いけど、意外とやることが多い。

もちろん、テスト前なんかに比べたら全然大変じゃないけれど。

レポートが三分の一くらい終わった頃、ちょうどいい時間になったので私は家を出た。

もう十七時近いのに、目眩がするほど外が暑い。

「ごほっ……」

やはり寝ただけでは体調の完全回復は難しく、若干咳が残っている。

歩いている時は、暑さにやられて早く病院に着いてほしかったけれど、いざ着くと帰りたくなるのが私。

しかも病院に来るのは約三週間ぶり。やっぱり苦手な場所に行くのはまだ緊張してしまう。

でも前回ここに来た時よりも抵抗感はない。少し成長している……と思いたい。

ひとりで病院に入るのは初めてだから少し迷ったけれど、無事呼吸器内科にたどり着くことが出来た。

時間ちょうどに着いたので、待ち時間は少なくすぐに私の順番が来てしまった。

「失礼します」

久しぶりの柊さん。悔しいけど医者モードの柊さんは少しだけかっこいい。

顔も整っていて、きっとモテるんだろうなと思う。

前回会った時はそんなことを考える余裕がなかったから気づかなかったけど。

「どうですか、調子は」

一瞬よそよそしい態度に驚いたけど、横に看護師さんがいることに気がつき、納得した。

敬語で話されると、柊さんと話している気がしなくて違和感がすごい。

「変わらない、です」

「そうですか。じゃ診察していきますね。服の上からでいいので、胸の音を聞かせてもらえますか」

この間と同じように淡々と診察を進めていく柊さん。

柊さんが異様に私の体調を気にかけてくれるから何か勘違いしていた気がするけど、私と柊さんの関係って、本当に医者と患者でしかないんだな。

当たり前すぎることを考えてしまう自分に嫌気が差す。なぜ自分だけが特別なのかもしれない、なんて期待を抱いてしまったのか。

「少し喘息の症状が出ていますが、薬飲めば問題ないですね。ではお大事に」

「ありがとうございました」

そんなことを考えていたら診察が終わった。少し名残惜しく感じている自分がいて、さらに訳が分からない。

今までの私なら、絶対にそんなこと思わなかったはずなのに。

看護師さんが診察室から出て、私も帰ろうとした時。柊さんに手を掴まれた。

「今日夜、時間ある？」

「え？　あ、夜の十時までバイトです……けど」

「じゃあバイト先行くから。ちょっと話がある」

「え、今話してください」

「馬鹿、俺はこの後も外来予約詰まってんの。とりあえずそういうことで」

柊さんはそれだけ言い放って、私を診察室から追い出した。

話ってなんなの、改まって言われると怖い。

だけど、病院以外の場所で柊さんに会えることを嬉しく思う自分もいた。

この気持ちはなんなんだろう……。

＊＊＊

「どーも栞麗ちゃん久しぶり」

「あ、えっと……？」

「俺の同期の深川海斗。こないだお前が倒れた日に一緒にいた」

「あ！　あの時は友達がどうも……」

その日の夜。

私のバイトが終わる頃に、柊さんはちゃんとお店に来た。

なぜ深川さんがいるのかは全く分からなかったけれど、とりあえず席に座る。

「あ、生ビール二つ……とジンジャーエール一つ」

「えっ、私お酒飲めます」

「……すみません、やっぱ三つで」

何だか今日は無性にお酒が飲みたい気分だった。

「で、本題だけど。やっぱりお前の検査結果からすると、入院させないわけにはいかないって話になった」

「えっ、でも今日の診察では悪くなってないって言ってたじゃないですか」

「あれは夜話すって分かってたから、適当に言っただけ。この間聴診した時より音も悪かったし」

診察結果を適当に話す医者ってどうなんだ……と思ったが、元はと言えば私が頑なに入院を拒んでいるからなので、その言葉は飲み込むことにした。

「今日海斗に来てもらったのは、お前の話を聞くため。話はそれから」

「話？　なんの……」

「あ、俺ね？　あそこの病院の心療内科で働いてるんだ。栞麗ちゃんの話、世那から聞いてやってほしいって言われて」

「そう、ですか」

柊さん、私のこと他の人に話してなかったんだ。

いつも口が悪かったり冷たかったりするのにそういう所には気がつかえるの、柊さんっぽい。

「何回もお前に話させたくはないんだけどさ、やっぱ専門でやってる海斗にも聞いてもらった方がいいかなと思って。ごめん」

るんだろう。

患者の一人なだけなのに、柊さんはどうしてこんなに私のことを気にかけてくれ

「ううん、大丈夫です」

よく考えてみれば、一番初めに会った時からかもしれない。

それまで一言も喋らなかったのに、私の異変に気がついて追いかけてきてくれた。

あの時は、面倒くさい人に気づかれちゃったなぁと思ったけれど。

柊さんは人に興味がなさそうに見えて、人の変化に敏感なのかもしれない。

「そうだったんだね、話してくれてありがとう」

「いえ、こちらこそ……」

深川さんも私の話を真剣に聞いてくれた。

その後に深川さんから質問されたことに答えていくと、少し鬱の症状が出ているとのことだった。

抗うつ剤もプラスで飲んだ方がいいかもしれないと言われ、来週には心療内科にもかかることになってしまった。

「栞麗ちゃんは今までお母さんの死に罪悪感を抱いていたんじゃないかな」

「……え」

「結構いるんだよ。家族や親しい人を亡くして、自分だけ生きていることに罪悪感

を抱いてしまう方がね。でも栞麗ちゃんはそんなこと感じる必要なんてないんだよ。自分の体のことも嫌いにならなくていい」

やばい、また泣く。そう思って唇を噛む。

なんで最近、こんなにも涙もろくなってしまったんだろう。

私は今まで滅多に泣かない人間だったはずなのに。涙腺が壊れたのかも。

「栞麗ちゃんはその思いを誰にも話せなかったんだよね。でも今は、助けを求めていいんだよ。俺だって世那だって力になる。今までひとりで頑張ってきちゃった栞麗ちゃんに、もう罪悪感なんか感じてほしくないって思ってるよ」

「あのな、昔はお前の周りに味方なんていなかったのかもしれないけど、今は違うから。だからいつまでもひとりで抱え込んでんじゃねーよ馬鹿」

あぁそうか。柊さんに、出会ってしまったからか。

今までこんなに私のことを気にしてくれる人なんて、お母さん以外にいなくて。

柊さんは欠けた心の隙間を埋めようとしてくれていたんだ。

「馬鹿ってお前、口悪いな……」

「うるせぇ」

「大丈夫だよ栞麗ちゃん、世那がこんなに世話焼くの、栞麗ちゃんくらいだから」

「えっ？」

「は？　いや、ほっといたら死にそうだったからってだけ」

　理由はともかく、柊さんがこんなに気にかけてくれてるのは私だけ、ってこと？

　いや、自惚れるな。さっきの診察の時に我に返ったはずなのに、また浮かれてしまっている。

「深川さん、ありがとうございます。来週、心療内科の方にも伺います。あ、柊さんも。ありがとうございます……」

「俺はついでかよ」

「ち、ちがっ……」

「はいはい分かってるから。ほら、ビールぬるくなるぞ」

　ついさっきまでキンキンだったはずのビールが、もうぬるくなっていた。

　私は、注がれたビールを一気に飲む。

　美味しい。久しぶりにお酒を飲んだ気がする。元々強いわけでもないので滅多に飲まないけれど、なぜか今日はすごくお酒が美味しく感じた。

「あ、あともう一つ……おい」

「ちょ、なんですか」

「一気に飲み過ぎだ馬鹿。この間倒れた時のこと、もう忘れたのか」

　気持ちよく飲んでいたところを、柊さんに止められる。

別にこの間のは、お酒のせいで倒れたわけじゃないのに。

「今日は無性に飲みたい日なので、構わないでください」

「いやお前、酔いつぶれても知らねーからな」

「その時は世那、よろしくね」

「……は？」

「いや俺より世那の方がいいでしょ」

「馬鹿か。置いていくに決まってんだろ」

「そんなこと言って、置いて帰れないくせにな」

ふたりの会話が遠くに聞こえる。

その後柊さんの予想通り、私は一杯飲み干してすぐに寝落ちしたらしい。

＊＊＊

「……い、……きろ」

その日、私は誰かの大きな声で目が覚めた。

しかし眠気が勝ってしまい、何を言っているのか全く分からない。

でもこの声、聴いたことがある。誰の声なのかは分からないまま、うっすらと目を開けた。

「やっと起きたか酔っ払い」

「……夢?」

「馬鹿なこと言ってないでさっさと目覚ませ」

さすがに夢だと思った。こんなことあり得るわけない。

だって目の前に……柊さんがいる。

放心状態のままもう一度目が閉じてしまいそうになった時、突然右頬に強烈な痛みが走った。……つねられた⁉

「ついった‼　え⁉」

「ここまでしないと起きねえのかよ」

驚きと痛みのあまり飛び起きた私。右頬がひりひりと痛む。これは……現実?

「い、いやあああああ‼」

「いった!」

なにこの状況。訳が分からない。

私は思わず柊さんの顔をビンタし、物凄い勢いでベッドの端まで移動した。

「ご、ごめんなさい!　でもなんで柊さんが私の家に」

「いや、覚えてないのかよ」

「え？」

「ここ俺んちだし」

ここ、俺んち……。

言われてみれば、すべてがおかしい。

まず無駄に大きすぎるベッド。端まで移動した私と柊さんの距離は、かなり離れている。私のベッドならばここまで離れるわけがない。

ということは、私は昨日酔った勢いで取り返しのつかないことをしてしまったのだろうか。

「待て待て待て、お前が心配しているようなことは何もない」

あからさまに顔色が悪くなった私に、柊さんは慌てて弁明した。

だとしたら余計に、なぜ私は柊さんのおうちに……。

「お前が酔いつぶれて爆睡してたから、仕方なくここに連れてきて一晩寝かしただけ。何もないから」

「そ、そうだったんですね……すみません」

「ほんとだよ。何回叩いても起きねえし、お前の友達に連絡しても返事来ないし。本気で店の前に置いて帰ろうかと思ったわ」

酒癖の悪さを存分に発揮してしまったことを知り、さらに申し訳なくなった。

「まぁ結果的にはちょうどよかったんだけど」

「結果的には？」

「そう。昨日話しそびれたけど、お前俺んち住まない？」

言葉の意味が理解できなくて五秒ほど固まる。

住む……私が、柊さんの家に？

「えっ⁉」

「反応遅すぎ。何があったらそうなんの」

「だ、だって。住むって、それこそどうしたらその思考回路になるんですか」

「お前が入院出来ないからに決まってんだろ。昨日も言ったし」

簡単に柊さんの言い分を要約すると、私には精神面や金銭面の問題があり入院が不可能なため、いっそ担当医の家に住めば、ということらしい。

……いやいや、納得できるわけがない。

というか、そもそもこれは柊さんの立場的には大丈夫なことなのだろうか。

明らかに柊さんの負担が大きすぎるしメリットも少なすぎる。

「嫌だったら全然断ってもらっていいんだけど。ただ俺が思いついただけだから」

「嫌ってわけではないんですけど……柊さんこそ嫌じゃないんですか？　誰かと住むのとか嫌いそうだし」

「ああ嫌いだな」

自分から聞いたものの、ばっさりと嫌いだと言われて何も言えなくなってしまう私。

「けど、お前は違うから」

なら尚更、なぜ私なんかにそんなことを持ち掛けてきたのか。

「え？」

「なんていうか……まぁ別に理由はどうだっていいだろ。お前が嫌か嫌じゃないかだけ答えろよ」

結局柊さんは理由を濁して、私に究極の選択を委ねてきた。

正直、嫌……ではない。でも付き合ってもない男の人の家に住むなんて、普通に考えたら危なすぎるし、簡単に決められることではない。

でもなぜか、柊さんともっと一緒にいたいという気持ちが勝ってしまった。

この気持ちがなんなのかは分からないけど。

「ほんとにいいんですか？　柊さん、彼女さんとかは」

「今はいない。だからそこの心配はすんな」

なぜか今は、という言葉に心を抉られつつも、彼女がいないことを確認できて安心してしまった。

「で？　どうすんの」

「か、確認ですけどほんとに……」

「いいっつってんだろ何回も聞くな」

「……はい」

まさに思わず、といった感じの「はい」だった。

こんな意味の分からない話、柊さんじゃなかったらあり得ない。

急展開すぎて頭がついていかないけど、柊さんの家に住まわせてもらうことになってしまったみたいだ。

現実味のない話の途中、ふと自分の前髪の寝ぐせに気がつき、私は慌てて布団の中に潜り込む。

「やばっ、見ないでください……！」

「は？　何が」

自分の姿がどんなのか、完全に忘れてた。

寝起きで髪もぼさぼさだし、当たり前にすっぴん。

「か、顔……こんなみっともない姿お見せしちゃってすみません、もしかして昨日私のメイク落としてくれましたか……」

「あぁ、なんか海斗がうるさいからコンビニで落とすやつ買ってきたわ。女の子はメイクしたまま寝かせちゃだめだとかなんとか」

「ごめんなさい……」

話を聞けば聞くほど、迷惑をかけすぎてて申し訳なくなる。

しばらくお酒は控えようと決意した瞬間だった……。

＊＊＊

「これで全部です」

「は？　荷物そんだけ？」

その後私は、柊さんと家に一度荷物を取りに帰った。

「はい」

「いや服とかは？　明らかに入ってないだろこれ」

「服なんてTシャツとジーンズ、ロングスカートがあれば十分なので」

「部屋も生活感ないし……お前ほんとにここ住んでんのか？」

「い、一応、はい」

私の物へのこだわりのなさに、若干引いている柊さん。

まぁこだわりがないというより、欲しいものがあってもそこまで余裕がないというのが本音。

「そこの教科書みたいなのは持ってかなくていいのか」

「あぁ、でも幅とっちゃうし、なくても大丈夫なので」

「んなこと考えなくていいんだよ。今日から俺の家は、お前の家でもあるんだから」

「……いいんですか？」

「やっぱいるんじゃねぇか」

ほんと、柊さんには何もかも見透かされてしまう。

本当は大学の教科書も必要ではあったんだけど、邪魔になるし一回自分の家に取りに帰って大学に行けばいいかなと考えていた。

でもその往復の手間が省けるのは、かなりありがたい。

「そういえば何学部だっけ」

「理学部です」

「あー……え？」

「え？」

「え、理学部なの？」

「はい」

そう言うとなぜか、あからさまに驚いている柊さん。

「え、日和……友達から聞かなかったんですか。最初に会った日とか」

「あの時なんか、お前がぶっ倒れたことくらいしか覚えてねぇよ」

私が倒れたせいじゃなくて、単純に柊さんが死ぬほど不機嫌だったからだと思いますけどね……と口に出すのはやめておいた。

「お前頭良かったんだな。勉強とか嫌いそうなのに」

「一言余計です。これでも中高ずっと、学年五位以下になったことないです」

「へ～ガリ勉だったのな……ってそんなに睨(にら)んでも怖くねぇし」

柊さんはたまに気がつかえるのに普段は医者らしからぬ発言をするし、いちいち一言多い。絶対いつか患者さんにも本性がバレる気がしてならない。

「地球科学科ねぇ。試験とレポート半々で成績が決まるからどっちも大変な学部だ」

「よく知ってますね」

「まぁね。理学部も受験したし」

「……そうなんですか」

「結局は親がうるさかったから医学部行ったけど。調べてはいたから」

柊さんの親御さんか。どんな感じの方なんだろう。

今の言い方だけ聞くと、親に医者になることを強要されていたのかな。

「ま、そんなことはどうでもよくて。早く車に荷物積むぞ」

「はい。あ、それ私持ちます」

「いーよ、これ若干重いって」

「私のこと舐めてます?」

「いや違うし。これくらい黙って男に持たせとけよ、かわいくねぇの」

柊さんの普通も分からないし、これくらい自分で持てるのに。

「突っ立ってないでそれ運んで」

「い、今やろうとしました」

もしかしてこういう返しをしちゃうところがかわいくないのかな。

一瞬そんなことを思ってしまったけれど、柊さんにかわいいと思われなくちゃいけない理由もないので何も考えずに荷物を運ぶことにした。

「じゃ、車出すぞ」

「お願いします」

柊さんの家までは大体三十分くらいだった。

私は柊さんの車の助手席に乗せてもらう。ぱっと見ドライブデートっぽいけど、現実はただの医者と患者。

柊さんは今まで色々な女の子を助手席に乗せてきたんだろうな。私なんてその女の子の中の一人でしかないのだと思うと、なんだか少し寂しかった。

「まぁうちに住むって言っても、俺がいない日とかもあるだろうし断然入院した方がいいのは当たり前なんだけど。お前の場合、入院がストレスになって悪化する可能性もあるから」

「そう……ですよね」

「ん、着いた」

「ありがとうございます」

柊さんの家に戻ってきて、荷物をおろす。

改めてとんでもなく大きい家だな。医者ってみんなこんなにいい家に住んでいるものなのか。

「ここ自由に使っていいから」

「えっ、この部屋全部ですか？」

「そうだけど」

用意してもらった部屋は自分の家の二倍以上あって、なんだか落ち着かない。

さっき乗せてもらった車も高級そうな雰囲気だったし、本当に生きている世界が違う人だなと実感する。

「元々ここはゲストルームで普段使ってないから、気にせず物置いていいから」

「は、はい」

「そんなあからさまに緊張しなくても」

この状況で緊張するなという方が無茶だ。

いきなり決まった同居生活、意味の分からないほど広い男の人の部屋、というだけで私の緊張はマックス。

「そういえば今日の体調は」

「今日は……ちょっと咳が出るくらいで、なんともないです」

「それなんともないって言わないから。ある程度片付いたらリビング来て。聴診だけするから」

そうだった。場所が病院じゃないだけで、やることは柊さんの家だろうが変わらない。

でも病院外で聴診って、それはそれで変な感じだ。これも慣れるまでもう少し時間がかかりそう。

「片付け、大体終わりました……」

「ん、ここ座って」

急に医者モードに入った柊さんを見て、私の緊張はさらに増す。

場所が違うだけなのに、異様に緊張するのはなんでだろう……。

相手が柊さんだから嫌な感じはもうほとんどないけれど、今は違う緊張が勝ってしまう。

　すると、下を向いていることに気がついた柊さんが、私の顔を覗き込んできた。

「……どうした」

「あ、え、っと」

「今日は無理なら全然いいから。ただ薬とかちゃんと……」

「あ、ち、違う！　あ、の。……恥ずかしい、だけなので。怖いとかじゃなくて。だってここ柊さんの家だし……なんか、慣れなくて。その緊張で」

　私が焦って説明すると、柊さんは少し安心した表情になった。

　体調を心配してくれたのだろう。だとしたら今回に関しては完全に違うので申し訳ない。

「んだよ……てか恥ずかしいって何」

「わ、わかんない、けど……なんか」

「ま、恥ずかしいだけなら早くして」

　ごもっともすぎて何も言えなくなる私。

「ほんとだ。めっちゃ速い」

「だ、だからそういうの……！」

　柊さんが、笑ってる。

何気に笑ってる所を初めて見たかもしれない。

初対面の時のムスッとした顔からは考えられないくらいの笑顔。

笑うと思ったより目が細くなるんだ、とかちょっと幼くてかわいいな……なんて思っていると、あっという間に聴診が終わった。

「ん、やっぱちょっと喘息出てるから今日は薬飲んで早めに寝ること。……何」

「えっと……柊さん」

「何？」

「私、柊さんならもう怖くない、です。聴診も、検査とかも多分」

「……そ」

柊さんはそれだけ言って、自分の部屋に戻っていってしまう。

でも柊さんが嬉しさを隠すような表情をしているのを、私は見逃さなかった。

言葉は相変わらずそっけなかったけれど、嬉しいと思ってくれたのかな、と思うと少し愛おしくて笑みが零れた。

柊さん、素直じゃないだけで、もしかするとかわいい人なのかもしれない。

やっぱり私は、彼のことをもっと知りたい。

放っておけない彼女～世那 side ～

彼女の第一印象は死にそうな顔してるやつ、だった。

初めて会ったのは彼女のバイト先。

あの日は同期と飲んでいたはずなのに、いつの間にか隣の卓の女と瞬太が絡みだして合コン状態になった地獄の飲み会だった。

ただでさえ飲みの場は好きでないのに、知らない女と話さなくちゃいけなくなるなんて論外。

途中で帰ろうかと思ったが、瞬太のダル絡みにより辿り着いてしまった二軒目の店で働いていたのが彼女だった。

瞬太は容姿がどうとかで騒いでいたが、俺は最初から彼女の顔色の悪さしか目に付かず、話の内容はほとんど覚えていない。

絶対に体調が悪いはずなのに最後まで上っ面の笑顔を振りまいていた彼女は、今にも死にそうな顔で俺達に挨拶をし、ふらふらと店を出て行った。

どこに住んでいるのか知らないが、あんな状態で帰れるわけがない。

タクシーだけでも捕まえてやろうと、俺は彼女の後を追った。

「おい」

呼びかけると、今にも倒れそうな顔で振り向いた。

掴んだ腕は燃えるように熱い。この感じだとかなり熱が上がっているのだろう。

持病なのか喘息の症状も出ていて、どうにか病院に来るよう説得しようとしたが、彼女は頑なに拒んだ。

病院の話を出したのがいけなかったのか、彼女は怯えたように俺の手を振り払い、走って逃げてしまった。

あの状態の病人が走れる距離なんてたかが知れているし、すぐに追いつくと思っていたのだが、急に彼女は地面に座り込んだ。

追いついて同じように隣にしゃがみ込むと、喘息の症状が悪化しているようで苦しそうに肩で息をしていた。

「落ち着いて、ゆっくり息吸って」

ただの喘息の発作なら数分で収まるはずだが、彼女の場合なぜかどんどん酷くなっていった。

「……だ、ごほっ……っ、や、だ」

そしてここでやっと俺は、彼女の手が俺の手を押しのけようとしていることに気がついた。

もしかしたら背中をさすられるのが嫌なのかと思い、そっと手を離してみるとすぐに呼吸が落ちついた。

呼吸が落ち着いた、というより意識を失ったと言った方が正しい。

いったんは落ち着いたものの、いつまた悪化するか分からない彼女をこのままにしていくことはできず、俺の病院に運んだ。

ここまで酷いのになぜ病院に行かないのか、この時の俺は分からなかった。

その理由が全て分かったのは、次の日。

話している時から何かおかしいとは思っていた。

常に手が震えてるし入院も拒む。目も一切合わない。最初は気にしていなかったけれど、彼女は俺がいなくなった途端に泣いていた。

震えている小さな手でシーツを掴み、声を殺しながら。

のちにその事情も分かり、入院は取り消しになった。最終手段でなぜか俺は自分の家に彼女を住まわせてしまった。

自分でもこんなことは初めてだから、どういう感情なのか全く分からない。おかしなことをしている自覚はある。

でも初めて彼女を見た日から、放っておけない存在だったのは確か。

彼女は一見しっかりして見えるが、思っているよりずっと弱い。

よく泣くし、常に何かを抱え込んでいる。

この間海斗と俺と飲みに行って泥酔した時も……泣いていた。

「おいまじで置いてくぞ」

「ん……やだ」

「だからじゃあ立てよ」

「みんな……私のこと置いてっちゃうの」

「……は？」

「柊さん、も……私のこと、捨てちゃう？」

「は、何言ってんだよ……」

「誰もいなくなっちゃうの、やだっ……」

こんな酔ってる時の言葉を鵜呑みにする俺は、馬鹿なのかもしれない。

でも家に着いてからも、その言葉が頭から離れなかった。彼女の、誰にも言えなかった本音を聞いてしまった気がして。

彼女は十五でたった一人の親を亡くし、高校三年間は施設で過ごしたと聞いた。

母親の死だけでも辛いんだから、クソみたいな医者になんて出会わないでほしかったと思う。

彼女が医者を怖がる姿はかなり痛々しい。

こちらとしてもそんな姿にはさせたくないし、発作が起きるのも心配だったので細心の注意を払った。

すると彼女との同居生活初日。予想もしてなかった言葉が聞けた。

「私、柊さんならもう怖くない、です。聴診も、検査とかも多分」

死ぬほど嬉しかった。

どれだけ時間がかかっても彼女に受け入れてもらえるように、と思っていた矢先のこの言葉。

でもその感情をどう表現したらいいのか分からず、そっけない態度を取ってしまった気がする。

誰かに心を開いてもらっただけでこんなに嬉しいのは、初めてだった。

完全に俺のことを信用してくれた訳ではないのかもしれないが、何より彼女の口からその言葉が聞けたことが嬉しかった。

その時初めて、自分が彼女に思ったよりも肩入れしまっていることに気づいた俺。

彼女には申し訳ないけど、弱ってる姿は素直にかわいいと思ってしまったし、完全に私欲が混ざってしまっている。こんなこと彼女には言えない。

相手は患者。しかも今は仮にも訳あり同居中。

また彼女に医者の変なトラウマを植え付けたくもないし、この気持ちはなかったことにするのが一番だ。

今は彼女に笑顔が戻ることの方が大切。

そんなことを考えて終わった、ある日のお昼休憩だった。

きっとこれは

「は⁉　同居し始めた⁉」

「日和、声大きい」

「だって……はぁ⁉　どういうこと！」

この日は体調も良かったので、日和とランチに。

ここ数日で事が進み過ぎて日和に全部説明出来てなかったから、それも兼ねて。

「どういうことって……治療だよ。入院の代わりに柊さんの家に住まわせてもらってるだけ」

「そんなことある⁉」

「……聞いたことは、ない」

「ほらー！　やっぱり怪しいよやめなよ！」

まずい、日和にかなり誤解されている気がする。

確かに今の状況は普通じゃないのかもしれないけれど、柊さんは私のことを思ってこの方法を勧めてくれたってことをちゃんと伝えなくちゃ。

「大丈夫。私だって、柊さんじゃなかったらこんな条件無理だもん」

「栞麗がそんなに信用するって珍しくない？　私にだって心開いてくれるまで時間かかったのに」

「うん……なんでだろね。私もよく分からないけど、柊さんなら大丈夫かもっていうか。もっと柊さんのことも知りたいなって思ったというか」

すると日和がいきなり爆弾発言をした。

「ねぇ、あんた柊さんのこと好きなの？」

「ごほっ……え？」

思わず私は飲んでいたカフェオレを吹きそうになる。

す、好き？　なんでそうなるんだ。

「そんなんじゃないよ。てか私に恋愛なんてできるわけないし。何より誰かを好きになったこともないし」

「えっ⁉　彼氏ができたことないのは知ってたけど、初恋もまだなの⁉」

思ったよりもびっくりされて、こちらもびっくり。

でも私としては、人を好きになるってどういうこと？で、止まってる。

みんなどういうタイミングでこの人のこと好きだなーとか思うのかな。

「いや、別に恋愛しろって言ってるわけじゃないよ？　けど恋したことないとは思わなくて」

「だって普通に生活してて、どういう時に好きだなって分かるの？　そんな時ないんだけど」

「それは単純に、茱麗がまだそういう人に出会ってないだけじゃないかな〜。〝好き〟の気持ちって、いつの間にか自覚してるものだし」

そういうもの、なのか。

だとしたら二十一年間そういう人が現れない私、おかしいのかな？

でも今まで恋愛をしてこなくて困ったことなんてないし、今さら頑張って相手を探そうなんて思わない。

「相手が柊さんだろうと、茱麗のこと傷つけたら私が許さないから。何かあったらすぐに言うんだよ」

「ふ、日和怖いよ。それと、柊さんとそうなることはないと思うけど？」

「人生何があるか分からないんだからそんなこと言わない！」

そう言われても、恋愛が何もかも分からない私には現実味がなさすぎる。

でも日和に言われたさっきの言葉。

『ねぇ、あんた柊さんのこと好きなの？』

いやいやいや。ないな。

ただ私は、今まで柊さんのような支えになってくれる人に出会ってなかっただけ。

恋愛感情ではない、はず。

それに仮にこの気持ちが恋愛感情だったとしても、告白なんかしない。

振られるに決まってるし、病院で気まずくなるのも嫌だし。

今はただの患者として、柊さんの家に住まわせてもらってるだけ。

うん、それだけだよ。

＊＊＊

「……あ、また間違えた」

その日は二十三時までバイトで、家に帰るのは日付を超える頃になってしまった。

まだ柊さんの家に帰る習慣がないから、たまに道を間違える。今日もそうだ。

ぼーっとしてたり、落ち込んでいたりすると、必ず自分のマンションにたどり着いてしまう。そのせいで、帰るのにかかる時間は倍に。

迷った理由は恐らく、またお母さんが出てくる夢を見てしまったから。

しかも、お母さんが亡くなった日の夢。

柊さんや深川さんにも、私のせいじゃないって言われたけれど……やっぱりどうしても自分を責めてしまう。

　でも最近の私がギリギリ普通でいられているのは……きっと柊さんの存在があるから。

「ただいま、です」

　柊さんの靴があった。今日はいるのか。

　柊さんは医者の中ではまだ若い方なので、職場でこき使われることがかなり多いらしく、二日くらい帰ってこないこともざらにある。

「遅い。バイト終わってからもう一時間経ってる」

「え、怖。私、柊さんに終わる時間言ってましたっけ」

「あまりにも遅いからお前の友達に聞いた」

「なんか束縛激しい彼氏みたい……」

「あ？」

「なんでもないです手洗ってきます」

　柊さんが家にいる時は、なぜか毎回私の帰ってくる時間を把握している。ちなみに私から言ったことは一度もない。

　柊さんと同居し始めて今日で二週間。分かったことは……柊さんは意外と過保護だということ。

いや、過保護どころの話ではないくらいに過保護だ。

私が少し咳をするだけで心配してくるし、帰りが遅くなれば軽くお説教。

若干干渉されすぎな気もするけど、それくらいが私にはちょうど良くて、嬉しいのも本音。

「こんな時間までバイト入れないとだめなのか？　仮にもお前は大学生なのに」

「……バイトの時間まで口出すんですか」

「口は出してない。聞いただけだ」

「へー」

「お前……熱出しても看病してやんねーから」

「それじゃあ私、ここにいる意味ないので帰りますけど」

「帰れないくせにな、意地張っちゃって」

最近柊さんと私の距離が縮まった気もする。

こうやって冗談も言い合えるくらいの関係になって、家での居心地は悪くない。

でもたまに出る柊さんの意地悪な顔には、今も勝てない。

「そんなこと……ないです」

「どーかね。お前料理もクッソ下手だし、ほんと今までどうやって生きてたのか知りたいわ」

「別にそんなにご飯食べなくても、人間は死にませんよ」

「お前の場合は例外だから。覚えとけ馬鹿」

「ほんっっとに口悪いですよね……医者とは思えない！」

まぁ、そんな医者とは思えない人は、私の担当医なんだけど。

「そこにオムライスあるから食えよ」

「えっ、ありがとうございます」

柊さんと一緒に暮らすようになって、かなり健康的な生活になったと思う。

一回の量は少ないけど、ちゃんと食事や睡眠をとれるようになった。

正確に言えば、不健康な生活ができなくなっただけなんだけど。

この間だってバイト終わりにご飯を食べずに勉強をしていたら、柊さんにすっごく怒られたし。

でも今日に限っては本当に食べられる気がしない。体調が悪いのか分からないけど、とりあえずすぐに寝たい。

でもせっかく柊さんが作ってくれたし、食べなくちゃ……。

「何、食べないの」

「た、食べます！」

申し訳なさが勝ってしまい、結局ご飯を口にしてしまう。

「ん、おいし……」

見かけによらず料理が上手な柊さん。ひとり暮らし歴が長いかららしい。

柊さんは私が食べ始めたことを確認してから、お風呂に向かったけれど……なぜか戻ってきた。

「お前今日なんかあったろ」

「どうしました？」

「え？」

「……やっぱな。なんかおかしいと思ったわ」

ほんと、なんで分かるんだろう。

さっきの私達の会話、いつも通りだったはずなのに。

柊さんは私の目線に合わせてしゃがんでくれる。

「俺同居する前、お前に言ったよな？　ひとりで抱え込むのやめろって」

「で、でも別に今うじうじ考えちゃってるのは昔からのやつ、だし」

「いつのことかは関係ない。お前はすぐ抱え込むからもっとしんどくなるんだよ。いい加減分かれよ」

あ、この口調は心配してくれてる時の口調だ。

柊さんは私のことを心配する時、必ず口が悪くなる。

怒ってるのか照れてるのか分からないけど、逆にその口調が優しく感じてくるのはなんでかな。

「また……お母さんの夢、みたの」

「うん」

「柊さんにも、っ深川さんにも言われた、けど……まだ私、自分を許せない……」

柊さんに会ってから、毎日弱くなっていってる気がする。

こういう話をしようとすると毎回涙が出るし、すぐには止まらなくなってしまう。

そんな私のことも見慣れたのか、柊さんは優しく片手で涙を拭ってくれる。

その手が暖かくて、さらに涙が溢れた。

「まぁそう簡単じゃないんだろーな。お前は今までずっと、自分を責めてたわけだから」

「もう、お母さんのことはっ考えないようにっ……したい、のに」

「別に考えてもいいんだよ」

「でも、苦しい……っ」

私は高校生の時の担任や今の大学の友達から、しっかりしてるね、優しいね、真面目だねと言われてきた。

でも本当の私はそんなに綺麗じゃない。私のことをそんな風に思ってくれた人達を失望させちゃうくらいに。

だって私は、あんなに大好きだったお母さんのことを、忘れたいとまで思っているんだから。

お母さんは身を削って私に尽くしてくれたのに。

過去の自分が間違ってたって、認めるのが怖いから。

私は結局、自分の苦しみから逃げたいだけ。

「柊さんが思ってるよりも、私って汚い人間だと思います。この六年間ずっと、お母さんの死に向き合わずに逃げることしか、できなかった」

「あのな」

「私……お母さんと最後に話した言葉、最悪なんです。ずっとこの言葉を、なかったことにしたくて。お母さんは過労で亡くなったって言い聞かせて」

ずっと誰にも言えなかった。

お母さんは過労で亡くなったと聞かされた時、ほっとした自分を本当に軽蔑した。

お母さんの亡くなった日、六年前のあの日。

三日後に高校の入学式があったのにもかかわらず、私は持病が悪化し入院。もちろん入学式には出られなくなった。

今まで持病のせいでできなくなったこと全てのストレスが爆発してしまい、私はお母さんに最悪な言葉を放ってしまった。

『お母さんの子になんか産まれてきちゃったから！　こんな体に産まれるなら産んでほしくなかったし、他の家の子に産まれたかった！　……もう出ていって。お母さんの顔見たくないの！』

私がこの言葉を放った数時間後、お母さんは救急車で私の入院している病院に運ばれてきた。

最初は過労による睡眠不足で、トラックにひかれたと聞いた。でもそれは違う。

確かにお母さんは過労だった。睡眠も十分にとれていなかったと思う。

でも私はそんなお母さんに酷い言葉をぶつけた。お母さんの努力を踏みにじるような言葉。

あぁ、お母さんも私の親でいるのが疲れたんだと。そう思い至るのにそんなに時間はかからなかった。

何回も後悔した。高校の入学式に行けなかったくらいで、大切なお母さんを自ら手放したことに。

どうしたら自分が楽になれるかだけを考えて、私は気づかないフリをした。

答えは六年経った今も、分からないまま。

「でもまたお母さんの夢、見た時に。なんかもう疲れちゃった……」

今まで隣で座って話を聞いてくれていた柊さんに、抱きしめられた。

私が汚れた人間じゃなければ……今この状況も喜べたのかな。

現実の私は、罪悪感にまみれている。

「ずっと誤魔化して生きてきた。でもやっぱり、無理です」

私は柊さんから離れ、涙を拭いた。

「ごめんなさい、こんな夜中に長々と話して。ちょっと頭冷やしてきますね」

「外はだめだ。何時だと思ってんだよ」

「……放っておいてください」

「無理に決まってんだろ」

柊さんの大きな声を初めて聞いた。

驚いて思わず振り返るとまた、抱きしめられた。

「過去がなんだよ。ほんとにお母さんがそう言ったのかよ。お前の親が嫌になったって」

「言ってない、けど……」

「死んだ人は答えてくれない。けれどそれでお前が苦しむ必要はない、俺も海斗もそう言いたかった。なのにお前は勝手に抱え込んで、いなくなろうとすんなよ」

抱きしめる力が強い。離れようとしても絶対に離れられない。

……私は、許されていいんだろうか。

お母さんをたくさん傷つけて。それでも笑っていいのかなってずっと思ってた。

「自分を許せる日が必ず来る。でもお前が罪悪感を抱えたままだったら、そんな日は来ないだろ」

「う、ん……」

「じゃあ今は頑張って生きろ。お母さんの分までお前が生きるんだよ」

ずっと、私の時間は六年前のあの日から止まっていた。

ごめんねお母さん。こんな娘でごめん。酷いことばかり言う娘でごめんなさい。

本当はお母さんの子供に産まれてこられて良かったって思ってたんだ。今も昔も大好きなのに、私はいつも素直になれない。

＊＊＊

「ん……ん、？」

目を開けると、超至近距離に柊さんのお顔。

毛穴なくて綺麗な肌……そっと手を触れようとした時、目が開いた。

「わああっ⁉」

「いった！」

あれ、これ前にもあったような……。今回はお互いの頭がぶつかってしまった痛みだけど。

「馬鹿かお前は！　くっそ最悪の目覚め……」

「ご、ごめんなさいっ。えと、なんで」

「昨日お前あのまま寝たんだよ。起こすわけにもいかないし、なぜか俺から離れようとしないし」

う、嘘。だから私達、床で寝てたの？

確かに昨日、泣きながら柊さんの腕の中で寝落ちしたような。

「あー時間やばい、俺今日は当直で帰らないから」

「は、はいっ」

柊さんが次の日当直だというのに、私は床で寝かせたの？　え？

冷静に考えて迷惑すぎる患者で、自分に呆れてしまう。

「ひとりで大丈夫か？　あ、今日もバイトだよな。終わったらまっすぐ帰れよ」

「あ、あの柊さん」

「ん？」

「私、頑張ります」

「……ん」

そんなありきたりな言葉しか言えなかったけれど、柊さんは少し微笑んで仕事に行った。

柊さんには伝わった……かな。

「よし、頑張ろう」

その日から私は少しずつ、未来のことを考えるようになった。自分は何をしたいのか。どんな職業に就きたいのか。

今まではこれから先のことなんか考えたこともなかったし、どうでもいいと思っていた。

そんな人間が将来どうしたいかなんていきなり決められるわけじゃないけれど、私にとっては大きな一歩だと思う。

ずっと自分の人生に対して自暴自棄だった私にとって、未来なんてないようなものだったから。

でも今は違う。ちゃんと大学を卒業して、自分ひとりで生きていけるように頑張ろうという気持ちが生まれた。

「なんか栞麗、ここ最近で一番生き生きしてるね」

日和にもそう言われた。未来のことを考えて生きるだけでこんなにも日常が変わって見えるなんて、知らなかったな。

興味のある職業のことを調べたり、資格の勉強をしてみたり。

そんなことを毎日していたら、あっという間に夏休みは後半。八月半ばになっていた。

「先輩、なんかいいことあったんすか」

「えっ？　なんで？」

「なんか最近すっごいかわいいから。え、男っすか」

「なんもないし、男じゃない。何急に」

そして今日はとうとうバイトの後輩の疾風くんにまで言われた。

ここまで来ると、前の私ってそんなに悲壮感を漂わせてたのかと思ってしまう。

疾風くんは夏休み前に入ってきた大学一年生の子。同じ大学ってこともあってすぐに仲良くなった。

疾風くんは典型的なイケメンで、大学で見かける時はいつも周りに女の子が沢山いる。

そのせいか女の子の扱いが上手くて、さっきみたいにすぐにかわいいとか言ってくる。

最初は真に受けちゃいそうになったけれど、あれはきっと色んな子に言っている決まり文句なのだと普段の様子から察した。

でもいい子だし話しやすいし、最近バイト中は疾風くんと一緒にいることが多い。

「まー先輩、彼氏とかいなさそうっすもんね。でも理学部でしたよね？　周り男ばっかなんじゃないですか」

「男の子は多いけどそんなに話さないし……てかさっきから私のこと馬鹿にしてるよね？」

「先輩、いじりがいあるし」

「何それ……」

こんな感じで完全に舐められている。都会の大学生怖すぎ。

二個も年が離れてるはずなのに、それを感じさせない大人っぽさもあるし。

何はともあれこんなふうに、最近の私は人生史上一、充実している。

やはり病は気からという言葉もあるように、日常が充実していると体も元気になるのは本当だった。

その日のバイト終わり、私は疾風くんと一緒に帰ることに。

「ほんとにいいのに」

「もう夜だし危ないから。先輩は気にしないで」

帰る方向が真逆なのにもかかわらず、疾風くんが家まで送ってくれるらしい。

年上の私よりもこういうのに慣れてそうで、なんか悔しい。

「栞麗？」

聞きなれた声がして、心臓が鳴った。

「柊さん……あれ？　今日遅くなるって」

「それ昨日な。今日は早めに終わって今買い物帰り」

「あ！　これカレーですね」

「は？　野菜炒めだけど」

「ちょちょちょ、え？　先輩」

やばい、やらかした。

疾風くんの前で、柊さんと普通に話してしまった。

しかもよりによって柊さんは買い物帰り。さっきの会話の内容を聞くだけだと完全に誤解されてしまう。

「は、疾風くんこれは」

「あー栞麗の兄です。色々あって一緒に暮らしてて」

「えっ」

柊さんは話を合わせろって顔してるけど、あまりにも無理がある気が。私思いっきり〝柊さん〟って呼んじゃったし……。

こんなゆるゆるの設定で乗り切れるのだろうかと思いつつ、今は柊さんに合わせることしかできず私も続ける。

「そ、そうなの！　兄妹で一緒に住んでて」

「いやでも先輩、さっきこの人のこと柊さんって」

「えっとそれは……」

「すみません、今急いでて。これからも妹のことよろしくお願いします。では」

「わ！ごめっ、疾風くん また明日！」

もう誤魔化しきれなくなり、私は柊さんに手を引かれて走る。

最悪だ……疾風くんのことだから、明日とことん聞いてくるに決まってる。

「なんであんなところにいたんですか！　見つけたとしても話しかけてこないでください！」

「最初お前のことしか見えてなかったんだよ！　お前の横に男がいるなんて思わなかったし」

「私だって男の子と話したりします！」

「そういうことじゃねぇよ！」

猛ダッシュしながら大声で言い合いしている男女ふたり。傍から見たら完全におかしな光景。

「はぁっ……は、着いた」

「ごほっ……はぁ、柊さ、速い……！」

「ごめん大丈夫か？」

「大丈夫です。でも、喘息の患者の手を迷わず掴んで走りださないでください。

ちょっと前の私だったら倒れてます」

「それは……ほんとにごめん」

つくづくこの人は本当に医者なの？と思ってしまう。

それにしても、こんなに走ったのはいつ振りだろうか。

柊さんに触られた腕が、熱い。

「うわ、走ったせいでぐっちゃぐちゃ」

「え、そんな崩れちゃうもの入ってたんですか？」

「ほら」

柊さんが持っている箱の中には形の崩れたケーキが二つ。

甘いものを買っているところなんか見たことがないのに、どうして。

「お前、甘いものは苦手だけどチーズケーキは好きだって言ってたろ」

「そ、そうですけど。なんで」

「別に。目についたから買ってきた。俺はこれ」

形が崩れていて最初は分からなかったけど、それはチーズケーキとガトーショコラだった。

「ふふ、柊さんガトーショコラ似合わないですね」

「うるせぇ、さっさと飯作るからお前も手伝え」

「あぁ、カレーでしたっけ」

「野菜炒めだっつってんだろ」

バイト終わりにふたりで夜ご飯を作る時間が好きだ。

「馬鹿お前、それ何入れてんの」

「え？　海苔です」

「野菜炒めに海苔入れる人、初めて見たわ」

こんな光景、私ひとりじゃ絶対にありえなかった。まずご飯を作ろうともしなかったし、そもそも食に興味もなかったし。

でも、柊さんと暮らし始めてからご飯が好きになった。

料理は相変わらずできなくて柊さんに怒られるけど、それもまた楽しかった。

「そういえばこの間久しぶりに体重測ったんですけど、三キロも増えてました」

「それくらいがちょうどいいわ。お前最初会った時、骨だった」

「骨⁉」

ふたりで作る、と言いつつ、ほぼ毎回柊さん作になる。今回もそう。

「え、やっぱり私料理上手くなりましたよね？」

「それほとんど俺がやったやつな」

「嘘だぁ」

「誰がこんなしょうもない嘘つくかよ」

嘘で思い出したけれど、疾風くんにバレバレの嘘をついてしまったんだった。

でもこの状況をどう説明したとしても、誤解されてしまう気がする。

疾風くんのことだし根掘り葉掘り聞いてくるんだろうな。

「んだよその顔」

「え？」

「どうせまだあの男にどう説明しよう、とか考えてるんだろ」

「なんで分かるんですか……そうですよ。真剣に悩んでるのに」

「彼氏だとか適当に言っとけば？　そしたらあいつもお前のこと諦めるだろうし」

「いやそれも嘘じゃないですか、嘘に嘘を重ねるのはよくな……え？」

「ん？」

あいつもお前のこと諦めるだろうし……？

一度聞き逃したものの、柊さんの声が脳内再生されて戻ってきた。

「ど、どういう意味、ですか」

「どうもこうもないわ。あいつ明らかにお前に気あるじゃん」

「柊さん、彼はそういうキャラなんです。私ですら見抜けましたよ」

「いやいや。ああいうキャラに見せかけて、ほんとは本命がいるタイプだから。で、その本命ってのがお前」

そんなわけない。疾風くんのこと、大学内で見かけたことあるけど、もうすごかった。

周りに沢山の女の子を連れて歩いてたし、私にも一切気がつかなかったし。

「疾風くんは同じ大学の後輩だから話してるだけです」

「ふーん、疾風くんって呼んでんのな」

「さ、さっきからなんですか……人の人間関係探ってくるようなことして！」

「まぁ気になるよ、同居までさせてる患者だし」

柊さんの口から患者、という言葉がたまに出る。

その度に突き放された感覚になるのはなぜだろう。本当のことなのに。

「変な男に引っかかられたりしたら俺が無理だし。お前クズ男とか好きそうだし」

「す、好きじゃないし引っかかりません！　真面目な人しか好きになりません、きっと」

「へぇ、栞麗の好み初めて聞いた」

柊さんは本当にずるい。

いつもはお前、だのおい、だの呼ぶくせにたまに私のことを名前で呼ぶ時がある。

しかもその言い方がやけに優しかったりするから、毎回密かに動揺してしまう。

なのに、最近はもっと呼んでほしいと思ってしまっているんだ。

柊さんの、低くて優しいその声で。

「柊さん、は。柊さんはどんな女性が好きなんですか」

「そんなもん知らね」

「ずるい……私にだけ言わせましたね」

「いや勝手に言ってたんじゃん」

でも柊さんの好みの女性、ちょっと知りたかったかも。

柊さんが恋愛とか、想像できないし。

でも前に〝今は〟彼女いないって言っていたし、もちろん前にいたことはあったわけで。

どんな人だったんだろうか。

「あー眠……明日講習会で朝早いから風呂入ってくるわ」

「はーい……」

ご飯を食べ終えて柊さんと話していると、時間があっという間に経った。

この時間が終わる瞬間は、いつも少し寂しい。

「そんなあからさまに寂しそうな顔しなくても」

「えっ⁉」

「もう栞麗の顔見ただけで何考えてるか分かるわ、俺」

柊さんは少し笑いながらそう言って、部屋を出た。

「なに、それ……っ」

残された私は、ひとり頭を抱える。

さすがに今の柊さん、かっこよすぎる。あんなの誰が見たってかっこいいって思うよ。

どうしよう、私なんか最近変だ。

柊さんともっと一緒にいたい。話したい。名前も呼んでほしい。

どうしよう。こんな気持ち、許されるわけがないのに。

でも一度気がついてしまうと、そうだと認めざるを得なくなる。

……いつの間にか、離れられなくなっていたんだ。

＊＊＊

「ねぇ先輩」

「んー？」

「やっぱ昨日の人、彼氏っすよね？」

「っ⁉　ごほっ……」

「動揺しまくりじゃないですか……」

次の日。この日も私はお昼からバイトだった。そして今は疾風くんと夜ご飯を食べに来ている。

バイト中も聞かれなかったし、なんとか信じてくれたと思ってたのに……やっぱり無理があったか。

「てかなんでそんな隠すんですか？　俺なんかにバレたって支障なくないすか」

「いやまぁそうなんだけど……。てかほんとに彼氏じゃないから」

「でもあんな人が先輩のお兄さんなわけないじゃないですか。イケメンだったし」

「すみませんね、下手な嘘で」

「やっぱ嘘なんだ」

「……あ」

この子、本当に誘導が上手い……あっという間に嘘がバレてしまった。

確かに疾風くんに話しても問題はないけど、病気のことは知られたくない。

「先輩ってなんか秘密主義ですよね～、普段も俺の話ばっか聞いてもらっちゃってるし」

「そ、そうかな。でも確かに友達と話してても聞き役が多いかも」

「俺は先輩の話が聞きたいんです！　今日初めてご飯にも来れたし……」

疾風くんはなんでそんなに私のことを知りたがるのかと、不思議に思っていた時。

『あいつ明らかにお前に気あるじゃん』

昨日の柊さんの言葉をふと思い出す。

いやいや、そんなわけがないことは自分が一番分かっているはずなのに。

これは柊さんのただの想像。疾風くんが言ったわけじゃないし。

でもそんなことを言われると、どうしても意識してしまう。

「あと先輩は鈍感すぎ」

「えっ？」

「俺こんなに分かりやすくアピールしてるのに」

疾風くんはそう言って私の顔を覗き込む。綺麗な顔が、すぐ近くまで迫っていた。

嘘だ。そんなわけない。自惚れるな自分。

そう思い込ませながらも、自分の顔が赤くなっていくのを感じる。

「先輩顔赤いですけど」

「……お酒のせい」

「先輩、もう分かってるでしょ？　俺が言いたいこと」

そう言われても、自分からそんなこと聞けるわけがなくて黙る。

「俺、本気で好きです。先輩のこと」

「で、でも」

「返事はいつでもいいです。いくらでも待ちます。先輩がその気がないのも分かってるから。だからこれからは俺のこと、そういう風に見てみてほしい」

あまりにも疾風くんが真面目な顔で話すから、私も今すぐに断りづらくなってしまった。だけど……。

「私……多分好きな人がいるの。もちろん付き合ってもないし、告白だってしてない。する気もない。けどその人以外、考えられない」

きっと今までも心の中では分かってた。

でも気がつくのが怖くて、その気持ちから目を背けていた。

「先輩、今断って後悔しない？　俺と付き合ったら絶対先輩楽しいよ。そいつのことずっと好きでいるより、よっぽどいいと思うけど」

揺らがないと言ったら嘘になる。疾風くんが言っていることももちろん分かる。こんな私のことを好きだと言ってくれる人なんて、もう現れないのかもしれない。

「……ごめんなさい。疾風くんとは……付き合うとかには、なれない」

私は重苦しい空気に耐えられなくなり、席を立った。

「え、先輩」

「ごめん。今日は……帰る」

お金を机に置き、疾風くんと目を合わせられないままお店を出てきてしまった。

最低だ、私。せっかく思いを伝えてくれたのに断って、逃げた。

……これから、どうしよう。

疾風くんとこんな形で気まずくなってしまうとは思いもしなかった。

その日の帰り道はとにかく、次に疾風くんに会った時どんな顔をしたらいいのかばかりを考えてしまって、なかなか家に帰れなかった。

＊＊＊

「おい」

「わっ……びっくりした」

家に帰り、私はすぐにお風呂に入った。

洗面所から出ると柊さんが目の前に立っていて、思わず後ずさる。

どうしよう。好きだと自覚してしまうと、柊さんが近くにいるだけでドキドキしてしまう。恋って、こんな感じなんだ。

「どうしました？」

「あーいや別に。なんか思ったより普通だったわ」

「なんですか。今日も普通ですよ」

「後で聴診するからリビング来いよ」

「はーい」

びっくりした。好きって気持ち、顔には出していないつもりだったけど、柊さんのことだからもうバレちゃったのかと思った。

「あれ、明日なんも予定……ない」

スマホのカレンダーを見ると、私には珍しく何も予定が入っていなかった。

予定といっても大体バイトか大学かだけど。

久しぶりの何もない日に何をしようかと考えながら、私は髪を乾かしていた。

「柊さん、聴診お願いします」

「はいよ、そこ座って」

最初の頃に比べたら大分慣れた聴診。柊さんだったらもう何の心配もない。

「そういえば疾風くん?だっけ、聞かれた?　あいつ絶対兄じゃねーだろって」

柊さんの口から疾風くんの名前が出てドキッとする。

「あー……はい。まぁ上手く誤魔化しました」

「へぇ、栞麗でも誤魔化すことできんのな」

「馬鹿にしてますよね?」

なんとか柊さんのことも上手くかわすことができ、ひと安心。

今これ以上疾風くんのことを聞かれてしまったら、どんな顔をしたらいいのか分からない。

「はい終わり。安定してるからこの調子……ん?」

離さなきゃって分かってるのに。柊さんの腕を掴む手が離れなかった。

柊さんもそんな私の様子に気がついたのか、無理矢理手を離そうとはしない。

「何?　なんかあった?」

やっと聞かせてくれた優しい声。その声にまた甘えたくなってしまう。

私はただの患者。そんなこと分かってるのに。

「柊さん」

「ん?」

「……き」

「え？」

「好き、って言ったら……困りますか？」

思わず零れ出てしまったその言葉。でも、言ってすぐに後悔した。

私が気持ちを溢れさせてしまったら終わる関係。そんなこと分かりきっていたはずなのに、なんでこんなこと言ってしまったんだろう。

伝えるつもりなんて、なかったのに……。

ふたりの間に沈黙が漂う。

「あー……待って。そうきた、か……」

沈黙の後に柊さんが零した言葉には、明らかに戸惑いが混じっていた。

言わなければよかった。何度後悔しても、もう取り返しはつかない。

柊さんがどんな顔をしているのかすら、見るのが怖くて顔を上げられないでいる。

「栞麗、ちょっと顔上げて」

「やだ……」

「お願い。顔見て話したい」

ああ、終わっちゃう。本当、言うんじゃなかった。

私は覚悟を決めて顔を上げた。

しかし私の目に入ってきた柊さんは、なぜか頬を少し緩ませていて。

「なんで笑って……」

「いや、まさか栞麗から言われるとは思わなくて」

「は……？」

私は訳が分からず、涙目のまま柊さんを見つめる。

「でもちょっと待て」

「え？」

「今じゃ、ない」

ああ、やっぱり振られた。自分の惨めさに更に泣きそうになってしまう。

「ごめん、なさい……っ」

「は、ちょ待て、違う。落ち着け」

「気つかわなくていいです。いきなりこんなこと言ってほんと、ごめんなさい」

今すぐひとりになって思い切り泣いてしまいたい。これ以上一緒にいたらまた余計なことまで言ってしまいそうで、怖くて、柊さんの腕をそっと離しリビングを立ち去ろうとする。

「待って、ごめん。今のは俺の言葉が足りなかった」

急に温もりに包まれ、それが柊さんの体だということに気がつくまで少し時間がかかった。

柊さんは物凄い力で私を抱きしめてきていて、離れられないほどだった。なんでこんなことするの。ずるい。私達は付き合ってもない。ましてや今私は振られたのに。

こんなタイミングで抱きしめてしまったら、私が離れられなくなることなんて分かりきっているはずだ。

柊さんは本格的に泣き始めた私を見て、もう一度ソファに座らせた。

「栞麗聞いて」

「聞きたくない……っ」

耳を塞ごうとした手を優しく掴まれる。

柊さんの大きな手で包まれ、それを私の膝の上に置かれた。

「栞麗、俺も栞麗のこと好きだよ」

「……す、好き?」

「うん。だからびっくりしただけ。栞麗が俺のことそんな風に思ってるなんて知らなかったし、まさか先に言われるとは」

「ま、待って。でもさっき……困った顔、した。今じゃないって言ったじゃん」

「それは本当。今の栞麗は体調的にもまだ不安定だし、俺と一緒に住んでるのも入院のかわりってだけだし。そんな時に言っても栞麗を怖がらせるだけだと思って」

な、んだ。そういうこと……？

一気に肩の力が抜け、さっきまでわんわん泣いていたのが急に恥ずかしくなってきて、顔が赤くなるのが分かる。

「泣きすぎ……」

「柊さんのせいじゃん」

「うん、ごめん」

柊さんのせいなんかじゃない。けれど何も言わずに私のことを抱きしめてくれた。

「今は付き合えないけど、ちゃんと好きだから。だから、ちゃんと体調治ったら俺と付き合って、ほしい」

「そんなのいつになるか分かんないですよ」

「馬鹿か、お前次第だよ。俺の彼女になる気ないの」

「また上から目線……告白撤回しますよ」

柊さんの言っていることは分かるし納得できるんだけど、付き合ってない両想い同士って、どこまでの接触が許されるんだろう。

私達の場合、いつ正式に付き合えるのかも分からないし、同じ家に住んでいるのに結局関係は何も変わらないのかな。

「柊さん、明日も仕事ですよね？　もう寝た方がいいですよ」

「そうだ、一緒に寝るか？」

「いっ……へ？」

一瞬冗談かと思ったけれど、柊さんの顔は至って真剣で。

私は無意識に首を縦に振っていた。

＊＊＊

「ね、ねぇ柊さん」

「ん？」

「ほんとに一緒に寝るんですか」

「うん」

先ほどの爆弾発言から数分後。

明日なんの予定もない私はまだしも、いつも通り仕事がある柊さんは早く寝たいはずなのに。

しかし私は誘惑に負け、柊さんの部屋まで付いてきてしまった。

部屋に入るのも初めてなのに、絶対眠れるわけない。

もちろん同意はしたけれど、緊張しすぎてドアの前から動けない。

「早く。嫌なの？」

「じゃ、じゃなくて……嬉しいけど私、男の人の部屋なんて入ったことない、し」

「知ってるけど」

「そ、それに私」

「嫌じゃないなら早く来て」

「わっ」

私は柊さんに手を引かれて、とうとう部屋に入ってしまった。

自分の部屋の色とは真逆な黒色で統一された部屋が、私の緊張を掻き立てる。

「そんなとこずっと突っ立ってないで。ん、ここ座って」

「は、はい……」

私は大きなベッドの端にそっと腰を下ろす。

「あの、柊さん」

「世那」

「え？」

「名前で呼んでよ。俺の名前、世那っていうんだけど」

甘えるような視線を至近距離で送られ、私の心臓はもう限界。

これ、まだ付き合ってないんだよね？

今までとのギャップで既に壊れそうな私と、至って冷静な柊さん。

「せ、世那、くん……？」

「そんな緊張してる栞麗、初めて見た」

「だ、だっていつもの柊さんじゃないし。なんで急にこんな甘いんですか……」

「好きな子限定の特別扱い？　あと栞麗の反応面白いし」

「絶対後者の理由ですよね？」

「いや？」

話すとやっぱり世那くん、なんだけど、急な甘さにびっくりした。

さっきから慣れない世那くんにドキドキさせられっぱなしで、やっぱり寝られそうにない。

「あとさ栞麗、外で照れんのやめてね」

「えっ、なんでですか」

「かわいいから」

だめだ。この人いちいち話す言葉が甘い、甘すぎる。

ダブルベッドだから十分広いはずなのに、めちゃくちゃ密着してくるし。

「顔、赤くなってる。かわいいね」

「も、もう言わなくていいっ」

「ずっと言いたかったけど言ってなかったんだよ。今日くらい言わせろ」

近すぎて、ずっと目が合わせられない。

でもさっきから私ばっかりドキドキさせられているみたいで、面白くない。

「なんか余裕ですよね」

「は？」

「世那くん、私みたいに動揺しないし。慣れてる……」

そりゃ世那くんは私よりいくつも年上だし、こんなことなんとも思わないのかもしれないけれど、やっぱり少し寂しくて。

まだ彼女じゃないのに、変な独占欲を出してしまって恥ずかしい。

「そう見える？　俺今めちゃくちゃ浮かれてるけど」

「浮かれ……えっ？　分かりづらすぎません？」

「俺の仮彼女なら、これくらい分かるようになれ」

「なんだそれ……」

おもむろに世那くんの胸に頭を埋めると異様なほどに安心して、さっきまで眠れないと騒いでいたのが嘘のように眠ってしまった。

君はまるで

まだ暑さが残る中、大学三年生の後期授業が始まった。

そして今日は後期になって初めての授業日。日和とも会うのは久しぶりだった。

「それ騙されてないよね？」

「日和……まだ世那くんのこと疑ってたの？」

「うわ！　下の名前なんかで呼んで……柊世那、何者だよ！」

「日和落ち着いて、あと声大きい」

世那くんと両想いになったことを伝えると、まだ怪しんでいたらしい日和はいきなり質問攻めを始めた。

「いやだってそれキープってことでしょ。栞麗をキープにするとか、私が許さないからね」

「あはは、ありがと。でも世那くんがそんなことしたら、ほんとに私誰も信じられなくなっちゃうよ」

「ありえなくはないから。ねぇ、私あの日以来、柊さんに会ったことない。会わせて！」

「はいはい今度ね」

「……そういえば、バイトの後輩に告白されたって話は？」

疾風くんに告白された次の日。もちろんバイト先で彼と顔を合わせた。

『あ……』

『そんな気まずそうな顔しなくても』

『えっ、ごめんそんなつもり』

『嘘嘘。先輩、俺に変な気つかわないでくださいね。これからも後輩としてよろしくお願いします』

そう言って笑った疾風くんの目が、若干涙目だったように見えたことには気がつかなかったふりをした。

「気にすんなって言われても、同じバイト先でしょ？　あ、大学も同じか。気まずいよね」

「うんまぁ、まだ気まずいけど……」

「でも後輩にも同情するよ。医者には勝てないな」

「だから付き合ってないんだって」

「どうなの、好き同士なのに付き合ってないってどういう感じ？」

正直、今までと生活は全く変わっていない。

同じ家に住んでいるものの、世那くんは日々の仕事や勉強で忙しそうだし、私もバイトや課題に追われて今年の夏は終わった。

だけどせっかくお互いの気持ちが分かったのに付き合えないというのは、なかなか複雑で。

「あ、でも今日定期検診だから会えるんだよね。話せはしないけど」

「久しぶりに顔合わせられるのが病院なのか」

今日は月一回の定期検診。最近は安定していて発作も滅多に起きないけれど、薬をもらいに病院へ行く。

世那くんに好きと言われてから初めての検診だから、ちょっと浮かれている。

仕事中の世那くんは家での姿とはまた違うかっこよさがあり、好きだ。

ちゃんとセットされた髪の毛がよく似合っていて、悔しいくらいかっこいい。

その姿を毎日見られる看護師さんのことが、羨ましくなってしまうほど。

「じゃあラストの授業も頑張るか～」

「うーわ、次実験だ……しかも前回と同じ難しいやつ」

「好きな人に会えるんだから、そんくらい頑張りなさいよ」

「うっ……はい」

その後はとても面倒くさい実験の授業だったけど、世那くんに会えると思ったら頑張れた。

最近、好きな人がいるということのパワーをすごく感じる。

世那くんと一緒にいるためならなんでも頑張れるって、本当に思うんだ。

＊＊＊

「あっつい……」

午後。私は病院に来ていた。

病院を楽しみに感じる日が来るなんて想像もしなかったけれど、これも全部世那くんのおかげ。

「十六時から予約している斎藤です」

「斎藤さんですね、保険証お持ちですか」

いつも通り受付を済ませ、待合スペースの窓際に座る。

ここに通うようになって、なんとなくこの場所に座ることが好きになった。

暗記系の勉強をしたり日和と連絡を取ったりして、待ち時間を過ごす。

「斎藤栞麗さん、第一診察室にお越しください」

そんなことをしていると、あっという間に名前を呼ばれる。

「失礼します……」

「こんにちは、最近の調子はどうですか」

「いえ、変わりないです」

「そうですか、では今日も診察始めていきますね」

知ってるくせに、と思いながら毎回この質問に答えるの、嫌いじゃない。

それにしても医者モードの世那くん、やっぱりかっこいい。

久しぶりに見たけど、こんなにかっこいい人と一緒に暮らしてるなんて、自分は前世にどれだけ徳を積んだのかなぁと思ってしまう。

「斎藤さん？　聞いてます？」

「あっ、すみません」

しまった。久しぶりの世那くんに気を取られて、何も話を聞いてなかった。

世那くんも呆れた顔をしているし、家に帰ってから〝世那くんの顔しか見てなかった〟なんて言ったら間違いなく怒られる。

「ちょっと胸の音悪いんで、ネブライザーしますね。あそこに座って霧をゆっくり吸うだけなので」

「わ、分かりました」

「じゃ、あと菊池さんお願い」

「はい。では斎藤さん、あそこの席まで移動お願いします」

看護師さんに少し離れた席まで案内され、機械の前に座った。

さっき世那くん音悪いって言ってたな、私元気なのに。

でも確かに言われてみれば、少し胸が苦しいような気がする。

「この霧がなくなったら、待合室に戻って大丈夫ですからね」

「はい」

近くに誰もいなくなってしまい、急に静かな空間。

しばらくすると少しあった胸の違和感もなくなってきた。

十分ほどで終わって、今日の診察は終了。

今日も世那くんの顔が見られたのはやはり聴診してる間だけ。

「あ、今日帰ってくるか聞くの忘れちゃった……」

気のせいかもしれないけれどなんとなく顔が疲れてそうな感じだったし、できれば帰ってきてほしい。

恐らく今日で三日帰ってきてない。この生活が普通なのかもしれないけれど。

世那くんと話したい。ちゃんと寝てる？食べてる？って聞きたい。

「あれ、栞麗ちゃん？」

「あ……お久しぶりです」

病院を出る直前に、世那くんの同期の侑季さんと瞬太さんと会った。

「診察帰り？」

「はい。さっき世那くんにも会って」

「えっ世那くんって……え!?　どういうこと!?」

「あ、いやそういうわけじゃなくて」

「瞬太うるさい。患者さんに聞こえる」

しまった。外で世那くんを下の名前で呼ぶのはあまり良くないんだった。

私達は普通のカップルじゃない。あくまでも家以外の場所では、医者と患者という関係なのだ。

「ちょっと詳しく聞かせてよ！　今日お店行っていい？」

「私は、大丈夫ですけど……」

「みんなも誘うから！　じゃあまた後で！」

瞬太さん、久しぶりに会ったけど相変わらず勢いの凄い人だな。

ふたりはその後上司の方に呼ばれたのか早歩きで行ってしまったが、どうやら今晩うちの居酒屋に来てくれるらしい。

世那くんも来てくれるかな、と密かな期待を抱きながらバイトへと向かう。

「あぁ、この間会った先輩の兄という名の彼氏ですか」

「いや彼氏じゃなくてさっきから言ってるけど一時的な同居人ね？　でも最近忙しそうだし微妙なとこかな」

疾風くんとは一番シフトが被る回数が多い。あの日から時間が経って、また少しずつ疾風くんと話せるようになってきた気もする。

「でもその人の友達は来るんすよね」

「そう。……あ、疾風くん会うの初めてか」

「初めてっすよ。え、みんな医者なんですよね？　てかほんとその同居人さん何者だよ」

そして夜の八時くらい。お店も混んできて、それなりに忙しい。

まだ瞬太さん達は来ていない。

そんな時、お店の奥の方から大きな声がした。

「おい！」

奥にある個室の席には、数人の男性客が座っている。

実はあの人達、来店した時から他のバイトの子にも嫌な絡み方をしていて、私は勝手に警戒していた。

「すみません！　今お伺いいたします」

怖い気持ちをぐっと抑えて男の人に近づく。

「お待たせいたしました。ご注文お伺いいたします」

「え、君結構かわいいね。高校生？」

相手は私と同じくらいの大学生数名。お酒が入っているからか、来店した時よりもかなり距離が近い。

この様子だときっと注文があって呼んだわけではないんだろうし、どうにか切り抜けなきゃ。

「えっとご注文は」

「なんだっけ、忘れちゃった。それより君どこの高校？　学生だよね？」

「あ、はは……」

だめだ、全く話が通じない。いや居酒屋の酔っ払いに話が通じるかもしれないなんて希望を抱いてはいけないのは分かるけれど。

「では、失礼します」

「あーちょっと待ってよ」

強い力で肩を組まれ、全身がなんとも言えない嫌悪感に包まれる。

このまま引き留められてしまうとまずい、逃げられなくなってしまう。

「……なんでしょう」

「ね、この後俺達と遊ぼ？　楽しい事しようよ」

「すみません、離してください」

今にも声が震えそうなのを隠し、どうにか作り笑顔で男の人を見る。

「固いな〜。いいじゃん、お店の外なら」

「離して、ください」

強めに腕を引いても男の人の手は離れない。力で敵わないのが悔しい。

「先輩⁉　ちょ、何やってるんですか」

男の人の声で気がついたのか、疾風くんが来てくれた。

「離してくれます？」

「は？　誰だよお前」

「誰って……店の者ですけど……」

「なんも言えねぇなら黙ってろよ」

来てくれたのはありがたいけど、完全に男の人の圧に負けている疾風くん。

今日は小林さんもシフトに入っていないし、どうすればいいのか分からない。

「じゃ、この子借りるから」

「おい待てって」

「ちょ、離して！」

ぐいっと腕を引かれてしまい、転びそうになる私。

強い力で掴まれた右腕がじんじんと痛む。恐怖で息が引きつってきた。

すると急に男の人の力が緩まって、私の腕から離れたのが分かった。

え、と思い顔を上げると、私の前には男の人に掴みかかってる世那くんの姿。

「栞麗ちゃん、もう大丈夫だからこっちおいで」

気がついたら横には侑季さんと海斗さん、瞬太さんもいて。

「な、なんだよお前放せよ！」

「お前があの子に手出したんだろ馬鹿か」

「ちょっと手掴んだだけじゃねぇか！」

「嫌がってるのくらいわかんねぇのかよ」

「チッ、めんどくせぇな……」

世那くんの手を振りほどいて、男の人達はお店から出て行った。

姿が見えなくなって安心したものの、まだ完全に恐怖を拭いきることはできず、手が震えている。心なしか息もしづらくて妙に焦ってしまう。

「栞麗」

あれ、もしかして私泣いてる？　どうしよう、世那くんに大丈夫だよって言いたいのに言葉が出てこない。

「いいから、分かってる。でももう大丈夫だから」

私はお店の床に座り込み、泣くことしかできなかった。

そんな私を世那くんは何も言わずにただ優しく抱きしめてくれて、やっとちゃんと呼吸ができるようになる。肺に冷たい空気が入ってきて、それと世那くんの体温が私の気持ちを落ち着かせる。

「ん、もう……大丈夫です」

「そう」

「……今日は俺達も帰るか！　世那、栞麗ちゃんのことお願い」

「えっ……でもせっかく来ていただいたのに」

「今日は三人で別の場所で飲むわ。だから栞麗ちゃんは気にしないで」

きっと私を気づかっての言葉だったと思う。

確かにこの後、人と一緒にいられる気がしない。今すぐ家に帰りたい……。

「世那、くん」

「ん？」

「瞬太さん達に後でもう一回謝っておいてほしい、です」

「お前気にしすぎ。あいつらも俺も仕事帰りに寄っただけだから。……それより、怪我とか。なんもない？」

「……ない」

「ならいーよ」

　私の心の中を全て見透かしているような優しい目。好きな気持ちが溢れて、また泣きそうになる。

「はいはい。栞麗立てるか？」

「たて、る。というか、私戻らないと」

「馬鹿か。あの後輩に伝えておいたから、今日はもう帰るぞ」

「えっ」

　本当に大丈夫なのだろうか……と思うと同時に、助けられてばかりだな、とため息をつく。

　もっと強くなりたい、こんなことですぐに弱気になってしまう自分が嫌い。

「ごめんなさい……ありがとう」

「ごめんはこっちだわ。てか栞麗もなんであいつらのとこひとりで行くわけ？　栞麗になんかあったら、俺が無理なんだけど」

　もしかしたら怒らせてしまったかもしれないと一瞬思ったけれど、全然違った。

　世那くん、付き合ってないけど私のことちゃんと大事に思ってくれてるんだ。

「私……強くなります。世那くんに毎回守ってもらわなくても大丈夫なくらい」

「ふっ、何急に。別にそんなことしなくたって、俺が栞麗を助けたいだけだから」

世那くんは優しいからそんなことを言ってくれるけれど、私が嫌だ。

いつか本当に世那くんと付き合えるようになった時、私だって世那くんのことを助けられるくらい頼りがいのある彼女になりたいよ。

「世那くんにずっと甘えてられないから……だからいつか世那くんが心配しなくていいくらい、ちゃんとした人になりたいんです」

「あっそ。じゃあそれまでは俺が守るってことで。ゆっくりな」

家に帰るまで、私と世那くんの手は繋がれたまま。

もう少し長く歩いていたい、と思った帰り道はこの日が初めてだった。

＊＊＊

夜。もうベッドに入ってからどのくらい経っただろうか。

今日は早く寝ようと思ったのにもかかわらず、なかなか寝つけない。

なんとなく頭の中から今日の出来事が離れなくて、目が冴えてしまっている。

スマホを見るともう日付を超えていた。私がベッドに入ったのは二十一時前だったから……三時間も寝つけないままだ。

このまま横になっていても眠れなさそうだったので、私はそっと部屋を出てリビングへ。とりあえず電気をつけてソファーに座った。

リビングで少しスマホをいじっていると、世那くんを起こしてしまったようで声をかけられた。

「まだ起きてたのかよ」

「うわっ、せ、世那くんごめん」

「なんで謝んの」

「起こしちゃったので……」

「まだ起きてた。それよりなんで寝てないんだよ、明日休みじゃないだろ」

それにしても、世那くんとこうしてふたりきりでゆっくりと話すのは久しぶりで、ちょっと喜んでしまっている自分がいる。

あんなことがあったけど、結果的には世那くんと話す時間が作れたから。

「私は別に……世那くんの方こそ大丈夫なんですか。最近忙しそうだったし」

「……なんかお前に心配されると怖いんだけど」

「はっ⁉」

「俺はいたくてここにいんの。だからそんなこと心配すんな」

久しぶりの毒舌世那くん。でも以前より少し甘い。

その甘さで、私達ふたりの関係の変化を実感する。

「お前こそバイト、ちょっと減らせ」

「え、なんで」

「もう三年だし、これから就活も始まってさらに忙しくなるだろ。せっかく医者の俺が近くにいるのに、知らない間に体調ぶり返してほしくないんだよ」

「でも、まだ奨学金の分貯められてなくて」

大学卒業後すぐに返済しなくてはいけないわけではないけれど、国立の大学に入ることができたからには在学中に返済分は貯めようと自分で決めていた。

もう三年の後期に入り、残りの学生生活は一年と半年弱。だけど普段の生活もカツカツで、まだ半分ほどしか貯められていない。ちょうど焦っていたところだったので、さすがに世那くんの言うことでも従うわけにはいかない。

「いくら足りないんだよ」

「え？」

「奨学金。どんくらい足りないの」

「いやいやいや、待って。そんなことだめです！」

「別にやるって言ってないだろ。奨学金と同じだよ、貸すんだよ」

だとしても人から、ましてや好きな人からお金を借りるなんてできる訳がない。

それに世那くんは、もしこの関係がなくなったらどうするつもりなのだろうか。

「俺から借りれば利子も付かないし、いつまでに返せなんていう期限もない。社会人になって安定したら、ちょっとずつ返してくれればいい」

「そ、そんなこと！　無理です、無理！」

「……ちょっと待ってて」

そう言って世那くんが自分の部屋から取ってきたのは、通帳。

「見ろ。それ」

「えっ」

「いいから」

人の通帳なんて普段目にすることのないものなので、なんだかとてもいけないことをしている気分になってしまった。

しかしそこには、私に貸したとしても困らないほどの金額が記載されていた。

「まだ下っ端だからそんなに多いわけでもないけど、お前に貸せるくらいの額はあるだろ？」

「そう、ですけど。でも……」

「いずれ関係もちゃんとするんだから、これくらい俺にとってはなんともない」

私が目を丸くしていたので、不思議そうな顔をする世那くん。

「なんだよ。そう思ってんの俺だけなの」

「ち、違う！　お、思ってます。もちろん」

拗ねたような表情の世那くんが可愛い。横から見ると少し尖っている上唇が愛おしい。

それに、すごく嬉しかった。

私と世那くんはまだ出会ってからそこまで時間が経っているわけではないのに、これからも一緒にいると思ってくれていたことが。

何度伝えられても私達の今の関係は形にはなっていないから、すぐに不安になってしまうけど、世那くんの言葉は毎回私を安心させてくれる。

「じゃあ栞麗もそれで決定でいいな？」

「え？　ずっと一緒にいるってことですか？」

「ちげぇよ。俺がお前に金貸すって話だよ、繰り返すな馬鹿！」

「でも、ほんとにいいの？　こんなことしたら、ほんとに一生私と関わらなくちゃいけないかもしれないんだよ？」

「んなこと前から分かってる。ほんとはこういうことがある前にちゃんと言いたかったんだけどな」

世那くんがそんなことを考えているなんて、想像もしなかった。

「世那くん私、世那くんに劣らない人間になる。絶対なる。ちゃんと大学も、頑張る。病気も良くなるよう努力する。えっと……あと何したら私世那くんに恩返しできるかな」

「恩返しなんて考えんなよ。そんなこと考えるくらいだったら黙ってずっとここにいろ。いなくなるな。それだけでいい」

世那くんはそう言って私の頭を撫でてくれた。まるでとても大切なものに触れるかのように、優しく繊細に。

胸がぎゅーっと苦しくなる。でもこれは、幸せな苦しさ。

言葉に言い表せない感謝と愛おしさで、私は思い切り世那くんに抱きついてしまった。

「ちょ、何」

「好き。ずっと、好き」

「……大袈裟」

大袈裟じゃないよ。

私は今もこれからも、世那くんじゃなきゃだめなんだ。

消えないもの

季節は秋。少し肌寒い風が服の隙間を通る。

最近日々過ぎるのが早くて少し焦る。この間夏休みが終わったと思ったのに、もう十月半ば。

まだ時間があると思っていても、一年って実はそんなに長くなかったんだなと今さら感じている、ここ最近。

きっとこう思えるようになったのも、今周りにいる人達のおかげ。

「ほんとに時が経つの早すぎない？　は〜私達、この間入学したばっかりなのに」

「日和は時止まりすぎだから」

「でも今年終わったら四年だよ？　四年！　信じられるわけないよ〜」

日和も私も、なぜこんなにも焦っているのか。

大学生最後の試練、就職活動が迫っているからだ。四年になるとどんどん周りの生徒達が内定を取ってくるらしく、今から怯えている私達。

「うちのゼミなんかさ、四年になったら毎回内定どれだけもらったをかみんなの前で言わなくちゃいけないらしいの！　もうすでに無理、地獄……」

「日和はどうするの？　院までいくのかそれとも普通に一般企業か」

「まぁ院までいく余裕もないし就職だよね。でもこの学部って、何系の会社がいいんだろうね。あぁもう分かんない、就活なんかしたくない！　ずっと学生でいられればいいのにな」

今なら日和の気持ちも分からなくもない。

テストとか課題とか大変なことはあるけれど、なんだかんだ助けてくれる人がいるのが学生だ。

でも社会に出たら、本当に全てが自己責任になりそうで少し怖い。

前に比べたら将来のことを、考えるようにはなったけれど、やっぱり憂鬱だ。

「ほんとだよね……大学生って思ったよりも短いかも」

「栞麗は？　どうするの」

「私、は……就職だよ。なんでもいいから就職して、世那くんに返さないとだし」

「そっか。ふたりとも無事決まることを願って頑張るしかないね……」

学生でいたい気持ちも半分あるけれど、自立して世那くんに頼らなくても生きていけるくらいになりたいとも思う。私も早く世那くんに追いつきたい。

もちろん、天国のお母さんにも認めてもらえるように。

「今日この後は？　バイト？」

「ううん、家直行」

「そっか。なんか栞麗に余裕が出来ると私も安心する。こればかりは柊さんに感謝だね」

あの日から私はバイトを大幅に減らし、基本的に入るのは週一、二回ほど。

今までたくさんシフトを入れてもらっていたのに、いきなりこんな話を受け入れてもらえるのか心配だったけど、バイトリーダーの小林さんは快く承諾してくれた。

『何言ってんの！　栞麗ちゃんには今まですっごい助けてもらったんだし、むしろ私がお礼を言う方なんだから！　週一でも来てくれるの、嬉しいし。これからもよろしくね』

改めて、私は上京してから周りの人に恵まれたなと思う。

小林さんは持病のことも理解してくれているし、今回も私の希望を尊重してくれた。

世那くんにお金を借りるなら今バイトしなくても就職してから貯めればいいかなとも一瞬思ったけれど、私がここのバイトを辞めたくなくて。

大学卒業まではここでお世話になります、とも伝えた。

「日和はこの後セミナーか。頑張れっ」

「はいよ〜」

日和とわかれ、私は家に直行。

今日は授業が午前中までだったので、まだ外は明るい。

いつもより少し早足な帰り道。

実はこの後世那くんと会う約束をしているのだ。

こんな部屋着みたいな恰好で世那くんに会いたくないので、家で身だしなみを整えてからもう一度外に出る。

世那くんとは駅前に十四時待ち合わせという約束になっている。

早歩きで家に帰り、最後に使った日がいつかも分からないメイクポーチを手に取った。

「えっコンシーラー切れてる……」

そういえば最近世那くんに会った時の自分は、全く見た目に気をつかっていないことがほとんどだった気がしてきて焦る。

居心地が良すぎて、自分の見た目を気にするのをすっかり忘れていた。

さすがに今日くらいは、いつもと違う感じを出そう。

あくまでも今日はデートではない。私達はまだ付き合ってないから。ただ、一緒に出掛けるだけ。

　でもメイクくらいデート感を出してもいいんじゃないかと思い、珍しく明るめの色やラメを使ってみた。普段しているメイクと違いすぎて違和感しかないけれど。若干不安になりながらも着々と約束の時間は迫ってくるので、急ぎ足で準備を進めること三十分。

「メイク、こんな感じで大丈夫だよね？　……やばい時間ない」

　慣れないメイクなんかしたせいで、時間はギリギリ。

　急いで家を出て駅まで走る。遅刻しても怒られないとは思うけど、世那くんに会う前に心の準備時間が欲しい。

「間に合った……」

　世那くんはまだ来てなくて、私は慌てて前髪を整える。

　せっかく髪の毛も綺麗に巻いたのに、風のせいでもう巻いたのか寝癖なのか分からない酷い状態。

　外で世那くんと待ち合わせをするのは初めてだったので、異様な緊張感。

　自分の見た目が変じゃないか、ずっと気にしてしまう。

「早かったな」

「わっ！　……ど、どうも」

少し待っていると後ろから世那くんの声がして、思わずまた大きな声を出してしまった。

「前から思ってたけど俺のことそんな怖い？」

「世那くんが後ろから来るからじゃないですか……」

恥ずかしくて目が合わせられない私とは反対に、世那くんは今日もいつも通り。

「ん？　なんか変えた？」

「えっ」

そう言うと、世那くんはいきなり私の顔を見つめ始める。

世那くんにまじまじと見てもらうほどの仕上がりではないので、あまり見ないでほしいと思う。けれどなんだかんだ気がついてほしい気持ちもあり、目線が泳いでしまう。

「気のせいか」

そんなにじっくり見たのに？と、思わず突っ込みたくなってしまったがどうにか飲み込んだ。

「今日どこ行くか知らないんですけど」

「教えてないからな」

「どこですか」

「いいから」

今日は世那くんが行きたい場所があると言っていたので、私はただついていくことしかできないのだけれど、まだ行く場所すら教えてくれない。

そうしてたどり着いたのは、私のバイト先。

「なんでここ⁉　わざわざここじゃなくても」

「まぁまぁ」

「さっきからそんなのばっかり」

「入ったら分かるよ」

せっかくのお出掛けだと思って楽しみにしてたのに、行き先が自分のバイト先って。知ってる人ばかりだし、どんな顔でいたらいいのか分からない。

そんな気持ちで馴染みのありすぎるドアを引くと。

「お誕生日おめでとー‼」

「えっ……えっ⁉」

「ほんとに分かってなかったのか。自分の誕生日」

「きょ、今日何日ですか……」

「十月二十五日。さすがに当日だし勘づかれるかと思ったのに、気づきやしねぇ」

目の前には飾られた店内と、沢山の人。

今日が自分の誕生日だったなんて、すっかり忘れていた。

「日和、なんで……え、セミナーは⁉」

「嘘に決まってんじゃん！　柊さんから初めて連絡来たと思ったら、栞麗の誕生日祝うの手伝ってほしいって」

「そ、そうなんですか？」

「まぁ……」

世那くん絶対サプライズなんて苦手なタイプだと思っていたのに、意外すぎる。

「ありがとうございます、世那くんに言われなくちゃ気づかずに二十一歳になるところでした」

「それは何より。ほら奥にみんないるから行け」

瞬太さん達も来てくれていた。

「栞麗ちゃんおめでと〜！　やっと栞麗ちゃんと飲めるの、楽しみにしてたんだから」

「あ、お酒は……」

世那くんにお酒を禁止されていることと、この間の失態を思い出し、世那くんの顔色をうかがう。

「まぁ、今日だけな」

「いいんですか⁉」

「ただし限度は守れよ」

「はい！」

ちゃんと世那くんから許可も得られたところで、瞬太さんからお酒を受け取る。

「先輩おめでと〜！」

「疾風くん⁉　バイト中なんじゃ」

「今日は店貸し切りなんで！　先輩のためだけにみんな来たんすよ」

疾風くんの後ろには、バイトの後輩や小林さんまで。

「彼氏さんに言われて誕生日知ったんすけど！　俺には教えてくれてもよくないですか？」

「そ、それはごめん。自分でも忘れてて」

「てか今日の先輩なんか可愛い！　なんだろ、あ、メイク？」

「はい距離近い。離れて」

「うわぁ彼氏さん厳しい……」

疾風くんはやっぱり、世那くんと私が付き合ってるって誤解したままみたいだ。

というか疾風くんだけじゃなくて瞬太さん達も？

私がちゃんと説明した日和以外にはそう見えているのもしれない。確かに間違ってはいないけれど一応まだ、付き合ってないんだけどな。

「全員揃ったことですし。乾杯しよう乾杯!」

あーどうしよう、なんだか嬉しくて泣きそうになってきた。

実は憧れだった。こんなにたくさんの人に誕生日をお祝いしてもらうこと。唯一毎年お祝いしてくれていたお母さんが亡くなって、高校生になった頃には誕生日なんか意識しなくなった。

大学に入ってからは日和が祝ってくれていたけれど、こんなたくさんの人にお祝いされることなんてなかったから。

「お、何、栞麗泣く?」

「な、泣かないです」

「あーそう、なんか目潤んでますけど」

うれし涙だとしても、今日は泣いている所を見られたくない。

世那くんの記憶に残る私の顔は、全部笑顔にしたかった。

「乾杯〜!」

みんなで乾杯して、ひと口。久しぶりに飲むお酒はやっぱり最高。

でも、今度こそ悪酔いしないように気をつけないと。

「飲みすぎんなよ。帰り知らないからな」

「大丈夫です」

「お前の大丈夫はもう信用してない」

「ひどくないですか……」

楽しい。めちゃくちゃ楽しい。

一緒にいるだけで嬉しくて楽しくなれる人達とこんなに沢山出会えるなんて、一年前は夢にも思っていなかった。

「柊さん。お話があります」

「え、日和？」

「私ずっと聞きたかったんです。いきなり主治医になったとか言ってると思ったら、次会った時には一緒に暮らしてるとか言われて。まだ私は半信半疑って感じなんですけど」

「えっと……」

「高橋日和！　栞麗の親友です！」

乾杯してすぐ日和はなぜか私の横に陣取ったかと思ったら、いきなり世那くんへ思い切り火花を散らし始めた。

「ん？　ちなみにあなたはどこまで聞いてるの」

「全部です。柊さんとのことだって、何から何まで聞いてます。栞麗のことなら私の方が知ってると思いますけどね」

「そうか。栞麗の親友に嫌われるのは避けたいな」

「嫌ってるわけではないです。栞麗のこと、本当に本気ですか？　……って、この間までは聞こうとしてたんだけど……」

　日和はそう言って机にうなだれた。

「こんなことするの見たら聞くまでもないよな、とは思いました」

「じゃあ、あとどこに不信感がある」

「私は……私は栞麗が幸せになれないなんて許せないの！　あなたも知ってると思うけど……とにかく！　私が言いたかったのは、栞麗のこと大切にしてくださいねってことです」

「言われなくても。ちゃんと責任もって幸せにしますよ」

「なら許す！　よし栞麗！　今日は飲むぞ！」

　日和はそう言って、再びすごい勢いでお酒を飲み始めた。

　前に一度会わせろと言われていたきりだったから、何を言い出すのかと少しひやひやしたけれど……そんな心配はいらなかったみたい。

「すげえ親友だな。あいつの方が彼氏っぽい。いや親？」

「ありがたいです。日和は私にとって初めての親友なので」

「ふーん……あ、ちょお前飲みすぎ」

「今日は飲んでもいいって言った……」

この後案の定飲み過ぎてしまった私の記憶は、ここまでしか残っていなかった。

次に記憶があるのは帰り道。目が覚めた時には外で、私は世那くんの背中の上に乗っていた。

「ん、あれ……」

「やっと起きたか」

「ここ、どこ……みんなは……？」

「もうみんな帰ったし店の外。お前ケーキ食った後すぐ寝落ちしたろ」

やっぱり最後の記憶は世那くんと日和が少し言い合っていたところまで。

ケーキ……どれだけ遡って（さかのぼ）も思い出せない。完全に酔いすぎた。

「どうせ覚えてないんだろ」

「えっと……みんなでご飯食べてたところくらいは」

「めちゃくちゃ最初じゃねぇか」

う……申し訳ない。せっかく世那くんがセッティングしてくれた誕生日会なのに。

きっとケーキだって考えて選んでくれて……。

「心配するな。ケーキは美味そうに食ってたから」

「でも、ちゃんと覚えておきたかったんです！　こんなこと、二度とないかもしれないのに……」

「はぁ？　なんでもう二度とないんだよ」

「え？」

「別に今回が最後じゃないだろ。来年だってやればいい」

当たり前に来年も一緒にいる前提で話をしてくれることが嬉しくて、思わずにやける。

今度世那くんの誕生日も聞き出そう。あ、でも世那くんはサプライズとか自分にされるのは嫌いそうだから、家でこぢんまりとふたりでお祝いするのもいいな。

「てか重い。酔い覚めたんなら降りろ」

「あっ、ごめんなさい」

呑気にそんなことを考えていたが、世那くんの背中から降りて、やっと違和感に気がついた。

なんだか世那くんの機嫌が悪い。

口が悪いのはいつものことだけれど、横に並んでもこっちを見てくれない。

眉間にしわも寄っているし、全く笑ってくれない。もしかして私が記憶をなくしていた間に何かしてしまったのだろうか。

「あの……私なんかやらかしました？」

「は、なんで」

「いやなんか……怒ってるのかな、と思いまして」

「別に怒ってるわけじゃ……」

別にってことは、やっぱり怒ってなくても私が世那くんを不機嫌にさせる行動をしちゃったってことだよね。どうしよう、でも記憶がなさすぎて謝るにしても世那くんから私の失態を聞き出すしか方法がない。

「世那くんが嫌な思いしちゃったんだったら謝りた——」

「あ、いや。……そういうのじゃない。俺がただちょっと」

「……ちょっと？」

普段あれだけズバズバと言ってくる世那くんが珍しく言いづらそうにしているのを見て、ますます冷や汗が止まらない。

……え、やっぱり私今度こそ本当にやらかした？なんて思っていたが、世那くんの口から出たのは全く予想もしていなかった言葉だった。

「あの後輩……気があるって分かってるんだろ」

「疾風くんのこと？」

「距離近いし、可愛いとか普通に言いやがって……俺の隙見て栞麗の気引こうとしてんのまるわかりなんだよ」

「せ、世那くん？」

「しかもなんでお前も、今日に限って可愛くしてくんだよ。お前が可愛いのは俺とふたりでいる時だけでいいんだよほんとに馬鹿。それともなんだ、あの後輩にも見てほしいのか」

　やっと口を開いたと思ったら、何これ私怒られてる？

　しっかり聞けば聞くほど訳の分からないことしか言ってないし、どこでそんなに世那くんが怒るようなところがあったのかも分からない。

　今疾風くんの名前が出てくるのも、もう全てが分からない……。

「ちょ、ちょょっと待って世那くん」

「あぁもう。なんで俺がこんなにイライラしなくちゃいけないんだ」

「いや、どちらかと言うと、私のせいではない気もするんですけど」

「は？　お前が今日に限って無駄に可愛いからお前が悪い」

「無駄にって！　私は今日初めて世那くんと出掛けられるって思ったから……！」

　そもそも私、当日の今日まで世那くんとふたりきりで過ごすと思っていたし、世那くんだけのために可愛くしたのに……。

「というか、可愛いって思ってくれてたんですね。会った時に何も言ってくれなかったから気づいてないのかと思った」

「……それはごめん。正直あの時から、やっぱふたりきりにすればよかったって思ってた。こんな可愛い栞麗のこと連れて、これからあいつらに会わせせんのかって」

「ふふっ……何それ、そのまま言ってくれればよかったのに」

世那くんもこんなこと思ってイライラしちゃったりするんだ。

いつもは見られない世那くんはちゃんとした大人だなと感じさせられることが多くて病院や家で見る世那くんの子供っぽさと不器用さが、とんでもなく愛おしい。

少し遠く感じてしまうことがあるけれど、今の世那くんは完全に拗ねている子供と同じだ。

「くっそ恥ずかしい……」

「でも今日はありがとうございました。嬉しかったです、ほんとに」

「記憶ないやつが言うな」

「楽しかったことは覚えてます！」

イライラしていたせいなのか少し乱れたふわふわの髪の毛も、赤くなった頬も私のことを見る目も、世那くんの全部が好きだと改めて実感させられた。

「もう帰るぞ。酔っ払いの相手は疲れるんだからな」

「え、やっぱり結構酔ってました？」

「さぁな」

＊＊＊

「学祭？　懐かしいな」

私の誕生日から数日。また新しいイベントが迫っていた。

「十日と十一日なんです」

「あーどっちも日勤だわ」

「いや別に来なくていいんですけど」

毎年十一月に大学で行われる学園祭。今年もその日が近づいてきている。

うちの学科は地球科学科にちなんで、プラネタリウムを展示する予定だ。

「夜勤に変更してもらったわ」

「今⁉」

「今」

世那さんのまさかの行動力に、今日一番の大声が出た。

そもそも医者ってそんな都合よく日程変更できるものなのだろうか、と不思議に思っていると。

「その日は事務整理の時間として取ってあっただけだから、なんとかなる」

「ならいいんですけど」

「学祭とか懐かしい言葉聞いたら、そりゃ行きたくなるだろ。瞬太達も誘うか」

世那くんは私よりも乗り気な様子で、瞬太さん達に連絡を入れていた。

てっきり世那くんはこういうイベントごとが好きではないと思っていたから、なんだか意外。

そしてふと思った。私、世那くんのこと何も知らないな。

学生の時の話はもちろん、家族や……過去の恋愛のこと、とか。

今まで自分のことばかり聞いてもらっていたせいで、私は今の世那くんしか知らない。

世那くんはこれまでどんな風に生きてきたんだろう。

＊＊＊

「そりゃ気になるでしょ」

「えっ何が?」

「いや過去！　柊さんのこと！　栞麗から聞いてきたんじゃゃん」

日和と学祭の準備の真っ最中。とは言っても、もう最終確認の段階。

少しぼーっとしていて、自分から振った話題なのに聞き返してしまった。

「ごめん……やっぱり過去って気になるもの、だよね」

「当たり前じゃん！　ましてや恋愛事情なんて、聞きたいけど聞きづらいし。だから余計気になるじゃん⁉」

「世那くんの過去の恋愛……」

「別に栞麗が気にならないならいいけど、今気になっちゃってるんでしょ？」

確かに、あの日からずっと、気になって気になってしょうがない。

別に恋愛だけではなくて。世那くんが子供の頃どんな男の子だったのかとか、家族とは仲いいのかなとかも。

本人からは何も聞いたことがない。

「過去のことは知らない方がいいこともあるとか言うけどさ。気になるじゃん、好きな人のことなんて！　全部知りたいじゃん！」

「日和、私そこまで言ってない」

「嘘、栞麗は気になんないの⁉」

「いや気になるけど全部は無理だよ。世那くんにだって言いたくないこともあるかもしれないし、そんな簡単には聞けない」

「まぁね……」

私にここまで自分のことを話さないのは何か事情があるのかな、なんて勝手に深読みまでしてしまう。

私が考えすぎているだけで、そんなことはないのかもしれないけれど。

「ま、柊さん達も学祭来てくれるってことだし。準備頑張ろうよ」

「あとここの光の確認だけ？」

「うん！　あ、終わったら山本に伝えてくれる？」

「はーい」

準備を再開した私達。

私は確認を終え、日和に言われた通り山本くんに伝えに行った。

「山本くん、ここからあそこまでの確認は終わったよ」

「あ……ありがとう斎藤さん。高橋さんにも今日は終わりで大丈夫って伝えて」

「分かった」

山本くんはこの学科の三年生で一番成績のいい優等生。一年の頃から学科のまとめ役を任されていることが多い男の子。

山本くん自身は前に立つようなタイプじゃないって言うけれど、正直ここの学科自体そんな人ばかり。

疾風くんがいる学部みたいに常にワイワイしている感じでもないし、みんな個々で静かに過ごしている子が多い。

だから、山本くんがまとめ役を引き受けてくれているという感じ。

「日和～。そこ終わったら今日解散でいいって」

「了解～」

私にとって、ここは本当に居心地がいい。三年間平和に過ごせたのは、この学科を選んだからと言っても過言ではないくらいだ。

ほとんど完成したプラネタリウムを見てほっとする。毎年この時期は、当日までに完成するかひやひやして過ごすから。

去年、前日なのに全くできあがっていなくて、暗くなるまで全員で準備してたことを思い出す。

私達も今回で学園祭の参加は最後。どの学部も、四年生は閲覧だけで展示に関わることはない。

なんだかんだ毎年楽しみにしていたから、少し寂しい。

「お疲れ様でーす」

「あ！　先輩！　お久しぶりです！」

「疾風くんこないだありがとね、私途中から全然記憶ないけど……」

今日は久しぶりにバイトの日。ここに来るのは誕生日会の日以来だった。

「俺も飲み過ぎたんですよ～。あの後の片づけ頭ぐらんぐらんでしたもん」

「あ！　片付け！　ごめんね、多分私やってない……よね」

「主役に片付けなんか、元々やらせるつもりないんだからいいのよ～。あれは柊さんと私達が考えたことなんだから」

後ろにいた小林さんもフォローを入れてくれた。

私にはお礼を言うことしかできなかったけれど、それは世那くんに言ってあげてと、聞いてくれなかった。

「あの、先輩」

「ん？」

「先輩のお友達の日和さん？って」

「うん、日和がどうかした？」

いきなり疾風くんの口から出た親友の名前。

疾風くんと日和って、なんか関わりあったたっけ……と思い返してみたけれど、この間が初対面なはず。

なんだろうと思ったけれど、疾風くんの顔を見たらすぐに分かった。

「もしかして日和のこと気になってる？」

「えっ⁉　なんでバレ……っい、いや違くて！」

珍しく私の勘が当たったようだ。

あの疾風くんが顔を真っ赤にして私に聞いてくるなんて、少し可愛いと思ってしまった。

「なんで？　日和喜ぶよ、疾風くんがそんな風に思ってくれてるって知ったら」

「いや……だって、先輩今俺のこと軽い男だなって思いましたよね」

「えっ？　軽い？　なんでよ」

「俺、この間までずっと先輩のこと……」

なんだ、そんなことか。

私はむしろ、疾風くんが日和のことを好きになってくれて安心してしまったというのに。

「そんなことどうでもいいよ。だって今は本当に日和のことが好きなんでしょ？」

「そ、それはもちろん」

「なら本当に何も気にしなくていいよ。私も協力するし」

「ほ、ほんとに⁉　ありがとうございます！」

疾風くんは確かに女の子からすごくモテるし、あまり良くないイメージを持たれがちだけれど、本当はすごくいい子なのを私は知っている。

だからそんな後輩と親友の日和が付き合うことになったら、嬉しい。

「で、なんで日和のこと好きになったの？」

「いや好きっていってもほんとに最近で」

「もしかして、私の誕生日会？」

「……はい」

疾風くんによると誕生日会の後半、日和と隣の席になったらしい。

日和も疾風くんに会ったのは初めてだったけれど、私の話は聞いていたからすぐに分かったみたい。

そこで話がかなり盛り上がったらしく連絡先を交換したものの、それからは偶然キャンパスで会うことも連絡が来ることもなく。

疾風くんもなかなか自分から連絡が出来ないままだという。

……そんな話、日和から聞いたことないけどな。

日和は彼氏が出来ない、出会いがないなんてよく言っているけれど、しっかりモテているのだ。理想が高いため付き合うまでに至らない、だけなのだと思う。

だから決して、いないわけではない。今改めて確信した。

「日和、彼氏はもうここ半年くらいいないかな」

「半年……」

確かひとつ前の日和の彼氏、常に日和の行動を把握していないと気が済まない束縛癖のある人だった気がする。

変な人が日和の彼氏になるくらいだったら、私はやはり信頼できる後輩を応援したくなってしまう。

「俺、学祭でちょっと頑張ろうかなって思ってるんです」

「そうじゃん、今日バイト終わったら連絡してみようかな……」

「ですよね、今日和と一緒に回りなよ」

今日は平日で雨だったこともありお客さんが少なく、疾風くんと話しながら雑務をしていたら時間が過ぎていた。

「ただいまです〜」

「お！　栞麗ちゃんおかえり〜」

「えっ、みなさんなんで……」

「悪い栞麗。ちょっと騒がしいけど気にしないで」

帰宅すると家には瞬太さん達がいた。

どうやら同期四人で宅飲み中らしく、邪魔をしないように別の部屋に入ろうとすると、瞬太さんに声をかけられた。

「えっ栞麗ちゃんも飲もうよ！」

「いやいや申し訳ないです、皆さんの邪魔するわけにはいかないので」

「大丈夫大丈夫。俺達なんなら今、栞麗ちゃん達の学祭の話してたから」

「えっ、そうなんですか？」

「栞麗おいで」

最後には世那くんのおいで、に負けて私は一緒に参加させてもらうことになった。

そっと世那くんの隣に座ると、机の上には見慣れない写真が広げられていた。

「待ってこれ卒アル⁉　初めて見るんだけど！」

「ちょ、瞬太お前勝手に漁るな」

「見てよ栞麗ちゃん！　高校生の世那！」

その中には世那くんの高校の卒業アルバムまであった。

瞬太さんに見せられた写真に写っていたのは、高校生の世那くん。

初めて見る高校生の写真、可愛すぎて私は言葉を失ってしまった。

幼い顔立ち、今よりも少し長い髪の毛、卒業アルバムに載っている写真は無理矢理撮られたからなのか、不機嫌そうな顔なのも可愛い。可愛すぎる。

それなのに世那くんは昔の写真を見られるのが恥ずかしいのか、まじまじと見ている私のことを止めようとしてくる。

「栞麗もそんな見なくていいから、まじで……」

「どうしよう、泣きそう」

「は？」

意味が分からない、という顔をする世那くんに私は写真を見せながら話す。

「こんな可愛い高校生が存在するなんて。おまけにこの子が世那くんだなんて私もう愛おしすぎてどうしたらいいか分かりません……」

「……まじで見せなければよかった。返せ」

「嫌です。あわよくば全て私が買い取らせてほしいくらいです」

分かりやすくうなだれている世那くんの横で、泣きそうになりながら世那くんの昔の写真を見漁る私。

そんな光景が異様だったのか、瞬太さん達は驚きながら言った。

「世那って栞麗ちゃんの前だとこんな感じなの？」

「なんかまじで……栞麗ちゃんに勝てないのな」

「瞬太、海斗お前これどこから出してきた？」

「うぅ……可愛い……」

その日はそのまま四人の大学生時代の話を聞けることになり、大学生の世那くんをひと目見てみたかったと嘆く私を、世那くん本人が慰めてくれた。

＊＊＊

「お前いつまでそれ見てんだよ返せ」

「嫌です。これは私が貰う」

「は？　意味わかんねぇこと言ってんな」

あれから何時間経ったのか分からない。瞬太さん達は明日の仕事のために早めに切り上げて帰ってしまい、この家には私と世那くんのふたりだけ。

未だに昔の写真を見続けながらお酒を飲む私と、呆れながら片付けをしている世那くん。

「もう風呂入って寝ろ。お前が酔うとめんどくせぇ」

「世那くん高校生の時、モテましたよね？」

「はぁ？　覚えてねーよそんな昔のこと」

「こんなかっこいいのにモテないわけないもんね、そっか」

「勝手に自己完結すんなよ……」

お酒のせいでぼんやりとした頭。

昔の世那くんの写真を見て幸せになれた気持ち半分、やっぱり少し寂しい部分もあった。

私の知らない世那くんの方が多いことを、はっきりと突き付けられたみたいで。

「私も世那くんと同じ学校だったらどうしてたかなぁ……」

「どうだろうな」

「私は……遠くから世那くんを見てるだけかも」

「はは、そんな近づき難いかよ俺」

昔も今も、世那くんの周りには沢山の人がいる。

高校生の私はそんな世那くんを見て、憧れることしかできなかったと思う。

それなのに今は、そんな人に好きだと言える。それがどれだけ幸せか、きっと世那くんには分からない。

「きっとこの頃の世那くんに出会ってても、好きになると思う……」

「へぇ、何そんなこと言ってくれんの？」

「ん……」

だんだん眠気に襲われている私に気がついたのか、世那くんは片づけをやめて私の横に座ってくれた。

世那くんの肩に頭を預けると、大きな手のひらで撫でてくれる。

「てか俺の写真だけ見られるのずるくね？　栞麗のは？」

「世那くんは……何も自分のこと話してくれないから」

「なんだよそれ」

「だって……私世那くんのこと何も知らないもん」

拗ねたような言い方になってしまったことに、言ってから気がつく。

「そんなつもりはなかったけど」

「じゃあ……誕生日は」

「五月九日の二十八歳」

「家族は？」

「二個下の妹がひとり。親はどっちも医者」

私に話したくない理由がある訳ではないみたいで、少し安心した。

こんなにあっさりと答えてくれるんだったら、ひとりで勘ぐっていないで早く聞けばよかったとも思ったけれど。

「なんだよ、そんなこと思ってたの」

「うん……」

「……お前、意外と俺のこと好きだよな」

「世那くんは、私のこと好きじゃないの……」

「ううん、好きだよ」

いつになく優しい世那くんの声で、私は眠りに落ちた。

こんなにも人を好きになったのは初めてで、怖い。

世那くんの初めてでも私がいいなんて、馬鹿なことを思ってしまうけど、そんな欲張りは言えない。

今の世那くんを独占できるだけで十分。

だからこれからも世那くんの隣でこうしていられたら、いつかはこんなことどうでもよく思える日が来るのかもしれない。


またもや酔いつぶれて面倒くさい女を発揮してしまったあの日から三日。

とうとう学園祭の一日目を迎えた。

「やばい、さすがにそろそろこの単純作業きっつい」

「もうすぐ終わりだし、その代わり午後は自由だから頑張ろ……」

私達の展示、プラネタリウムの裏方の作業は、展示の華やかさとは裏腹にすごく地味。この地味な作業を一日、交代しながら展示する。

私と日和は十時から十二時までの二時間を担当していた。

最初は先が長く感じたけど、気づいたら終わりまであと少しだ。

「もう柊さん達って来てるの？」

「うん。着いたって連絡は来たよ」

一日目、午後は世那くん達四人と私と日和が合流して一緒に回る予定。

日和のことが気になっている疾風くんは、聞いたところ一日目の十五時あたりから一緒に回る約束をしているらしい。

なぜか私まで緊張している。きっと疾風くんは今日、告白するんだよね。

私には願うことしかできないけれど、上手くいってほしいと思う。

「斎藤さん、高橋さん。十分前だから代わるよ」

「あっ……いいの？　ありがとう」

残り十分のところで次の担当の子が来てくれて、私達の仕事は終わり。

「ラッキーだったね！　ちょっと早くあがれた～」

「だね、あ～疲れた……」

「栞麗今からそれ言う？　私達の学祭はこれからなのに！」

「あ！　栞麗ちゃん～！　日和ちゃん！」

「いたいた」

世那くん達は私達の展示場所まで来てくれていて、思ったよりすぐに合流できた。

既にみんなの両手は、模擬店で買ったであろう食べ物でいっぱい。

「さっき仲良かった教授に会って、その後食いまくってた」

「あ！　それ去年食べて美味しかったクレープ！」

「日和ちゃんも買う？　この一個下の階にあったけど」

「ちょ、ダッシュで買ってきます！」

私が止める前に、日和は走ってクレープを売っている模擬店に行ってしまった。

日和は甘党なので、毎年スイーツの模擬店には目がないのだ。

「たこ焼き買ったけどいる？」

「あ、じゃあ一つ……」

「ん、はい」

世那くんはそのまま、私にたこ焼きを食べさせてくれた。

食べながら周りの視線で気がついたけれど、今サラっと恥ずかしいことをしてしまったのかもしれない。しかも人前で……！

そう思うと急に恥ずかしくなってきた。顔が熱い。

「世那って、思ったより外でもお構いなしだよな……」

「今までそうでもなかったのに」

「おいお前、今までとか言うな」

これでもやっぱり私達は付き合っていない。

正直私はそろそろこの曖昧な関係をはっきりさせたい気持ちもあるのだけど、世那くんの思いもあるので、そう簡単に口に出すことはできない。

それにしては、外でも大っぴらにしすぎだと思うけれど。

「ねぇあの人超かっこいい」

「たこ焼き持ってる人だよね？　あ、でも横に女の子いるよ。彼女かな？」

「どうやったらあんなかっこいい人と付き合えるんだろ」

外に出ると、今みたいな声が嫌でも聞こえてくる。

そのたびに、堂々と彼女だからと心の中ですら言い張れないことに、なんとなくモヤモヤしてしまうのだ。

彼女じゃない私は、もし世那くんが他の女の子に言い寄られたとしても、何も言えない。

「何、このくらいで」

「いやそもそも外でここまでしていいんですか。なんのために私が……」

「私が？」

「……なんでもないです」

いつもごちゃごちゃひとりで考えているのは私ばかりで、きっと世那くんはこんなこと何も考えていない。

そんなことは分かりきっているんだけど。

「おい世那。栞麗ちゃんのこといじめすぎ」

「はいはいごめんって。もう一個たこ焼きあげるから許して」

結局最後は、世那くんが私の機嫌を取ろうとするのがお決まり。

こういうこと前の彼女さんにもやってたんだろうな、と勝手に考えて少し落ち込む。こんなことばかり気にするから、子供だと思われるのに。

「えっ、世那？　……だよね？」

その時、聞きなれない女の人の声がした。

なんだか嫌な予感がする。世那くんにその人を見てほしくない。振り返ってほしくない。

私の方だけを見てよ。そうじゃないと。

「優愛(ゆあ)……」

世那くんが本当にどこかに行ってしまう気がしたの。

＊＊＊

すごく綺麗な人だった。

セミロングの髪は綺麗に巻かれていて、黒のタートルネックがよく似合う。

すらっとした体型で、人を惹(ひ)きつけるような、彼女にはそんな魅力があった。

「久しぶり！　卒業ぶり、だよね！　なんか懐かしいな〜みんなもいるし！」

「……そうだな」

「現役の子？　やっぱり若いね、かわいい〜！　楽しんでる？」

「あっ、はい！」

　さっきから明らかに世那くんと目が合わない。

　私に何か言ってくれると思ったのに、何も言わない世那くんの態度が、さらに私の不安を煽る。

　まともに女の人のことも見られない。感じが悪く思われてしまったらどうしよう。

「は、葉月も来てたのか〜。まさか会うとはな！」

「川崎、口にチョコついてるよ？　ん、ほら」

「あ……あぁごめん」

　葉月さんという方にいきなり顔を触られた瞬太さんは、分かりやすく顔を赤くして照れていた。心の中のモヤモヤがどんどん広がる。

「ねぇこの後暇？　学祭に来てるみんな集まって飲むんだけど！」

「悪い、俺は——」

「世那くん、行ってきてください」

「……は？」

「何年ぶりかに会ったんですよね？　私とはいつでも会えるじゃないですか」

「いや栞麗待てよ」

「すみません、私はここで……失礼します」

世那くんの引き留める声が聞こえた気もするけど、私はそのまま逃げてしまった。

あの場で私がいる方が変だし、瞬太さん達も同級生の人達に会いたいだろうし。

私は間違ったことなんて言っていないはずだ。

……本当は、そう思わないと心が崩れてしまいそうだっただけ。

「わっごめんなさ……って栞麗？　ちょ、クレープは⁉」

「ごめん日和。それ疾風くんにでも渡してあげて」

クレープを持って戻ってきた日和ともすれ違ったけれど、今は上手く話せる気がしない。

自分でも驚いている。少し不安になっていた時に葉月さんと会ってしまっただけで、こんなにも動揺していることに。

とりあえず人目のつかないところまで走ってきたけど、逃げてしまったことをすぐに後悔した。

もう少し世那くんの話を聞けばよかった。何も聞かずに動揺した勢いで逃げてきてしまうなんて最低だ。

また自分の幼稚な部分がむき出しになり、情けなくて涙が出た。

「うっ……っぐす」

泣きながら走ったからか、軽く喘息の症状が出ている気がする。

落ち着かなきゃと思いつつも、涙は止まらない。

最近は比較的体調が安定していたから、久しぶりの発作にどうしたらいいのか分からない。何回経験しても苦しいものは苦しかった。

「斎藤、さん？」

突然、誰もいないはずの場所から声をかけられ、びくっと肩が震える。

「大丈夫？　ゆっくり深呼吸しよ。大丈夫だよ」

まるで手当てをするように私の背中をさすってくれたのは、山本くんだった。

こんなところを見られてしまったのはすごく恥ずかしいけど、今はこの人に頼るしかない。

山本くんが来てくれたおかげで、発作が酷くなる前に落ち着くことができた。

「ごめ……ん。こんなとこ」

「俺の方がごめんね。でもすごく苦しそうだったから。もう、大丈夫？」

私は涙を拭きながら首を縦に振る。

落ち着いて背中をさすってくれたことがありがたかった。

「よかった……こんなところでどうしたの？　さっきまで高橋さんと一緒だったよね。喧嘩でもしちゃった？」

「ううん、日和とは何もないの。ちょっと勝手に動揺しちゃった事があって」

「そっか。せっかくの学園祭なのに大変だったね」

大変なんかじゃない。私が悪いだけだ。

早く世那くんに謝らないと。でも……どうやって？

世那くんから話を聞いて本当に葉月さんと付き合っていたと言われたら、私はどうしたらいいのだろう。まだ世那くんの彼女にもなれていない私は。

この曖昧な関係のままですら、一緒にいられなくなってしまったらどうしよう。

隣に世那くんがいない世界で生きる自分を想像してしまい、また涙が出そうになる。

「斎藤さん、プラネタリウム見ない？」

「えっ」

「プラネタリウムっていいよね。心が鎮（しず）まる気がして」

「うん……分かる」

「だよね。行こ？」

山本くんに誘われ、私は再びプラネタリウムの展示場所まで戻ってきた。

世那くん達とすれ違ってしまわないか不安だったけれど、もう既に移動していたようで会うことはなかった。

自分達が作ったプラネタリウムを見たのは、今回が初めて。綺麗な星達が私の心を落ち着かせてくれた。

プラネタリウムは、私が宇宙を好きになったきっかけの一つ。

十三歳の冬、お母さんに頼んで連れて行ってもらったのを覚えている。

その日、プラネタリウムを初めて体験した私は衝撃を受けた。

宇宙の綺麗さに圧倒されて、もっと沢山のことを知ってみたいと思った。

そこからどっぷりと宇宙の世界にハマり、図書館で本を読み漁った中学生時代。

施設に入ってからは少し疎遠になってしまったけれど、大学受験を考え始めた高校二年生。

特にやりたい仕事もなかったので、とりあえず自分の好きなものを学べる学部を選んだ。

それがたまたま今の学部だったけれど、あの選択は間違っていなかったと思う。

「自画自賛になっちゃうけど、結構よかったね」

「ね！　完成形ちゃんと見られて良かった。やっぱりいいなぁ……」

「斎藤さん、宇宙好きなんだ」

「あ……うん。ほんとにただ好きってだけでここの学部入ったの」

そんな理由だけで選んでしまって本当によかったのかなと思った時もあったけれど、好きだからここまで続けられたのだと思う。

「山本くんは好きじゃないの？」

「ううん好きだよ。僕、第一志望はここじゃなかったんだけどさ。でも地学も楽しいしみんな平和だし、この学部でよかったよ」

「分かる。ほんとこの学部平和だよね、居心地もいい」

「……僕の親、どっちも医者でさ」

「えっ⁉」

「あっ、ごめん。いきなり自分のこと」

「ううん、大丈夫」

急に医者という単語が出て驚く。まさか山本くんのご両親もお医者さんだったなんて。

「だから……ほんとは医学部に行って医者になって病院を継げって親からも言われてたんだけど、俺には無理だった。性格的にも違うなって思ったし、やりたいこともあったんだ。でも親は医者にならないなら縁を切るって言ってさ」

「えっ」

「漫画みたいだよね。こんなの現実でもあるんだって、俺も思った」

「そう、だね」

　山本くんは淡々と話していく。笑顔だけど、どこか寂しそうな表情で。

　まさか山本くんにもそんなことがあったなんて、微塵も思わなかった。

「今もう親とは連絡も取れないし、完全ひとり。医者とは関わらないようにしようって思ってたんだけど……さっき斎藤さんがこう、泣いちゃって発作っぽくなってるの見て。気づいたら昔父さんから教わった行動をしてた」

「あ、だから……」

　あんな状態になった私を見ても、落ち着いていられたんだ。

　山本くんがあんなに成績優秀なのも、全てに納得がいった。

「そしたらすごい昔のこと思い出した。親が医者だったから、途中までは自分も医者になるものだと勝手に思ってたこととか」

「ごめんね……思い出したくなかった、よね」

　私がそう言うと、山本くんは笑って首を横に振った。

「違う違う、ありがとうってこと」

「えっ」

「僕は親をちょっと尊敬し直したというか。やっぱ医者ってすげえなって……まぁもう縁切られてるし遅いんだけどね」

山本くんみたいな人は家庭環境も良くて、なんの悩みもなく生きてこられたんだろうなと勝手に思ってしまっていた。

でもそんなことなかった。

悩みのない人なんかいないし、みんなそれぞれの地獄の中で生きている。

「だから斎藤さんも、その人のこと嫌いになっちゃう前に会いに行きなね」

「その人？」

「泣いてた原因の人」

昨日までちゃんと話したこともなかった同級生に慰められるなんて思いもしなかったけど、山本くんのおかげでようやく覚悟がついた。

世那くんに何を言われても、私は受け入れるしかない。

「ほんといきなりごめんね……ありがとう。会ってくる」

「うん、頑張れ」

私は山本くんに別れを告げ、世那くんの元へ走った。

＊＊＊

「はぁっ、ぅ……」

大学敷地内を走り続けて、もう何分経っただろうか。

一向に世那くんに会えない。

スマホも教室のカバンの中に置いたまま。本当に何やってるんだろう。

葉月さんと一緒にいそうな場所も全部当たったけど、どこもだめ。

やっぱりもう遅かったのかもしれない、と諦めかけた時。

「栞麗！」

世那くんの声がして、後ろを振り返った。姿が見えた瞬間、また涙が溢れる。

どうして世那くんはいつも私のことを見つけてくれるんだろう。

「なんで急にいなくなるんだ馬鹿！　ずっと探してたこっちの身にもなれ……」

「ごめっ、ごめんなさい世那く……っう」

「なんでそんな泣いてんだよ……」

世那くんに抱きしめられてるから顔は見えないけれど、明らかに困っているのが分かる。

涙が邪魔をして、謝ることしかできない。

「お前のこと置いていけるわけないだろ、考えろよ」

「う、ん……」

「あぁもう泣くなよ、お前に泣かれると、どうしていいか分かんないんだって」

だよね。世那くん、私が泣いたらいっつも困った顔するもんね。

意外とその顔も好きで、私だけのものならいいななんて。

こんな時なのに、そんなことを考えてしまう私は最低だ。

「……ごめんな。葉月は元カノ。大学の時、二年間くらい付き合ってた。でも今はお互い何も思ってないし」

実際に本人から言われると、やっぱり少しだけ辛かった。

けれどそれよりも、そんなことで世那くんを困らせてしまう自分の方が何倍も許せない。

これからもこうやって、世那くんを振り回してしまうんだろうか。

一番好きな人を自分の一番近くで不幸にしてしまうのならば、やっぱり私は。

「世那くん」

「ん？」

「嫌になったら、こんな関係……終わらせてもいいんですよ」

「……は？」

「患者と医者に戻りたかったら、今ならまだ戻れます」

この時初めて、本当の彼女じゃなくてよかったと思った。

今ならまだ、私は世那くんの彼女じゃない。もっと世那くんのことを縛ってしまう前に離れられる。

「ふざけんなよお前。俺の気持ち……」

ぐーっと胸が苦しくなっていく感覚。

あ、倒れる。そう思った時にはもう目の前は真っ暗で。

最後に感じたのは、全身の脱力感と世那くんの体温だった。

日常に君がいない

瞼が重い。ずっとこのまま目を開けたくない。

でも誰かにずっと呼ばれている気がして、しかたなく目を開けた。

真っ白な室内。この景色には見覚えがあり、すぐに病院だと気がついた。

「……さん、斎藤さん、分かりますか？」

声をかけられ、気がつくとたくさんの人に囲まれていた。

あ……だめだ、怖い。いきなり首を絞められたような息ぐるしさに襲われる。

しばらくして来てくれた世那くんに助けを求めようとするけれど、今ここにいるのは主治医としての世那くんで、いつもの世那くんじゃない。

「斎藤さん、体調どうですか」

「……だ、やだ……」

「ちょ、斎藤さん、落ち着いて」

逃げようとして酸素マスクを取るも、看護師さんや世那くんが押さえてきて動けない。

私がむやみに腕を振り回したせいで点滴の針が抜け、赤い血が滴る。

痛いけど体が逃げようとして止まらない。ここから逃げたい、私はそれしか考えられなくなっていた。

「ごめん、いったん外出ておいてくれる？　ここは俺がどうにかするから」

私の異常な怖がり方に気がついたのか、世那くんは私とふたりきりにしてくれた。

「栞麗、もう大丈夫。俺以外誰もいないから」

「ごめ、なさ……」

「謝んなくていいから。一旦落ち着こう」

いつもの口調で話してくれる世那くんを見て、だんだんと落ち着きを取り戻す私。

手の震えもおさまり、呼吸も苦しくなくなった。

「ん、落ち着いたな」

「世那くん、ごめんなさい私……」

「びっくりしたよな。ごめん。やっぱまだ俺以外だと怖いか」

下を向いたまま頷く私。申し訳なくて世那くんの顔が見られない。

「栞麗、どこまで覚えてる？」

「学園祭の、時……」

「うん。走らせた俺も悪いけど、自分の限界超えるまで走っちゃだめ。ほんとに危ないから」

「……はい」

あの日から今まで、どのくらい時間が経っているかも分からない。

「主治医としての話はここまで。ここからは俺と栞麗の話」

きっと世那くん、怒っている。

「あの時栞麗が言ったこと、本気で思ってる？」

「は、い」

「いきなりなんで？　俺が葉月と会ったから？　あいつとはほんとに何もないよ」

「分かってる。分かってるよそんなこと。世那くんのことは疑ってない」

「じゃあなんで……」

世那くんがそう言いかけた時、病室のドアが勢いよく開いた。

「よかった！　目、覚めたの？」

「は、ちょ葉月なんで」

いきなり葉月さんが現れたことには、世那くんも驚いていたようだ。

「瞬太から倒れたって聞いて心配だったのよ！　でもよかった、もう大丈夫？」

「あ、はい……」

「世那の患者さんだったからあの時も一緒にいたのね。今度また話そう？　あ、葉月優愛です。よろしくね」

「葉月、ほんといいから帰れ」

葉月さんは世那くんに押され、やっと病室を出て行った。

「はぁ……ごめんいきなり」

「いえ、あ……もう大丈夫です」

「は？」

「私の所ばっかりいられないですよね。だから行って」

「いや大丈夫だから。それに俺今日」

「お願いします……」

このまま世那くんといたら、また自分の嫌なところが見えてきてしまう気がして怖い。

何も悪くない葉月さんのことも、悪く言ってしまうかもしれない。

「分かった。入院はしなくて大丈夫だから、もう少ししたら迎えに来る」

世那くんが病室を出ていってひとりになった時、抑えていた涙が溢れてきた。

やっぱり私は、今の状態のまま世那くんの隣にいられない。

自分に自信がなくて、世那くんに守られてばかりで足を引っ張っている。

こんな自分に世那くんを巻き込んではだめだ。

どんどん自分が嫌になる。結局私は何も変わっていないのかもしれない。

＊＊＊

あれから少し時間が経った頃、私は世那くんと病院を出た。なんとなく気まずい雰囲気のまま、世那くんの車で家まで帰る。

もう世那くんと何を話したらいいのかさえ分からない。

「あ、そういえば今日で学園祭終わっちゃったのか」

「そうだな。来年は……ないんだよな」

結局まともに楽しめることなく、最後の学園祭が終わってしまった。

後から日和に聞いた話によると、救急車は裏口から入ってくれたものの、かなりの混乱を招いてしまったらしい。

せっかく来てくれた世那くん達にも申し訳ない、日和にも。

あ、疾風くんとはどうなったかな。ちゃんと問題なく告白までこぎつけられていたらいいけれど。

世那くんのスマホが鳴った。おそらく電話だろう。

ちらっと私の方を見た後に、世那くんは自分の部屋に入っていった。

……気をつかわせている。やっぱり私は世那くんから離れないといけない。

恋は中毒。本当にそうだ。

気がついたら依存してるし、もう抜けられない沼のよう。

知らなくてよかったことを知ると上手くいかなくなる、とどこかで聞いたことがあるけれど、今になってこの言葉の意味がよく分かる。

こんな気持ち、知らなくてよかった。

＊＊＊

「いやいいけど……それってさ」

「ん？」

「柊さんと距離を置く、ってことでしょ？」

日和に電話して理由を話し、しばらく泊めてくれないかと相談した。

距離……そうなのかもしれない。

確かに今は少し距離を置きたい。ずっと近くにいすぎるから、苦しい。

「うん……この曖昧な関係のまま、世那くんと一緒にいられるのかも分からなくなってきちゃって」

「急にどうしたの。この間までいい感じだったじゃん」

「今世那くんと一緒にいると……自分のことがどんどん嫌いになっちゃうの」

何がだめだったんだろう。どうしたらいいのか、もう分からなくなってしまった。

「よし！　分かった。じゃあ明日、荷物まとめてこっちおいで。琹麗がうちに来るくらいなんともないし」

「ありがとう……ちょっとお世話になります」

「はいはい。じゃあまたあし……」

「あ！　待って日和、待って」

「ん？」

危ない、一番聞きたかったことを聞きそびれたまま電話を切るところだった。

「私、倒れちゃったけど……学園祭楽しめた？」

「はぁ⁉　いや琹麗が倒れたって聞いてから、こっちは学園祭どころじゃなかったってば！」

「だ、だよね……ごめん」

本当に申し訳ない。この感じだと恐らく、疾風くんとも一緒に回れなかったのだろう。

次に会った時は疾風くんにも謝らないと。

「ほんとにごめん……最後だったのに」

「怒ってるわけじゃないよ、心配したの！　だからもういきなりいなくならないで」

「……日和、彼氏みたい」

「はいはい、いいよもう彼氏で！　柊さんにはごめんだけど！　じゃ切るよ？」

「ありがとね。おやすみ」

日和の声を聞いて少し元気が出た。やっぱり一番最初に相談して正解だった。

でも、どうやって世那くんに伝えようか。

「わっ⁉」

「うおっ……ごめん、あの、別に聞いてたわけじゃ、なくて」

「その顔、絶対聞いてましたよね。嘘つかないでください」

「……ごめん」

部屋のドアを開けるとすぐ近くに世那くんがいて、大きな声が出た。

日和との電話の内容がほぼ聞かれていたことが分かり、一気に肩の力が抜ける。

きっと世那くんも、これから私が言うことの見当はついてるんだろう。

「しばらく……世那くんと距離を置いてもいいですか」

「……うん」

「その間は日和の家にいさせてもらいます。色々……私のことで振り回してしまって、本当にごめんなさい」

「そんなことない。栞麗が俺と一緒にいて辛くなる方が嫌だ」

どこまでも私の気持ちを優先してくれる世那くんにまた泣きそうになるけれど、ここで私が泣いてはいけない。

「だから、栞麗がまた俺と一緒にいたいって思えるようになったら帰ってきて」

「……世那くんは、本当にそれでいいんですか」

「うん」

こんな素敵な人、どう考えても私なんかと釣り合わない。どうしてこんな私のことを待っていてくれるだろうか。

私とじゃなくていい。だから絶対に、世界で一番幸せになってほしい。

そんな、誤魔化しでしかないような言葉が浮かぶ。

いつから私はこんなにも欲張りになったのだろう。

＊＊＊

一夜明け、私は自分の荷物をまとめた。

最初ここに来る時に、世那くんにちょっと引かれてしまった荷物の少なさ。

確かに改めて見ると少ないなぁと思うけれど、ここに来た頃よりかは多くなった気もする。

世那くんの家に住み始めてから、服の数が増えた。

買ってきてくれているのかネットで頼んでくれているのか未だに分からないけど、気がついたらクローゼットの中に新しい服があって、正直少し怖い。

見覚えのない綺麗な服は大体、世那くんが勝手に買ったもの。

怖くて最初はあまり着ていなかったけど、最近勇気を出して世那くんの買ってきてくれた服を着てみせると、すごく喜んでくれたのを覚えている。

あまりにもすごいペースで買ってくるので一度止めたことがあるけど、あまり効き目はなかったみたい。

今日はまだ着たことのなかった白のワンピースを着てみた。

不思議と、世那くんが選んでくれた服は似合うことが多い。

きっと世那くんは、私よりも私のことをよく知ってくれている。

「世那くん、私そろそろ行きます」

「おう、気をつ――」

リビングに顔を出した私を見て、世那くんは固まった。

そしてしばらくして複雑そうな顔で俯いてしまった。

「あー、やっぱ手放したくねぇ……」

「えっ」

「ごめん、なんでもない。もう行くんだよな」

初めて聞いた世那くんのそんな言葉に、私はなんて答えたらいいのか分からなかった。ただ、いざ離れるとなると離れ難いのは確かだ。

「はい、行ってきます」

「……行ってらっしゃい」

目を合わせたら決心が鈍りそうで、ずっと顔を見られない。

けれど世那くんの声が少し震えている気がして、私は最後に顔を上げた。

その途端ぐいっと腕を引かれ唇が触れる。

初めての、キスだった。

一瞬すぎて何が起きたのかよく分からないまま、世那くんと目が合う。

「ずるいよ、」

「なんとでも言え、馬鹿」

世那くんは少し悔しそうな表情でそう言い、私の手を放す。

マンションの廊下には、ドアの閉まる音だけが響いていた。

＊＊＊

「ほんとによかったの？」

「いいの。これでよかったの」

あれから数時間後。

私は日和の家に荷物を置いた後、大学に来ていた。

「でもそれもう和解してない？　険悪な感じゼロじゃん」

「険悪になって距離置いてるわけじゃないの。私の我儘を世那くんが聞いてくれたんだよ」

「んー恋愛って難しいね」

本当にそうだ。恋愛は難しすぎる。自分のことを嫌いになってしまう恋愛なんて、やっぱりやめた方がいいのかもしれないとも思う。

そんなことを考えていると、同じく大学に来ていた山本くんに声をかけられた。

「斎藤さん！　大丈夫……？」

「山本くん！　一昨日はほんとごめんね……迷惑かけちゃって」

日和が怪訝な目で私と山本くんのことを見ている。

何か言いたげな日和を無視して、私は山本くんとの会話を続けた。

「そんなそんな。元気になったのなら本当によかったよ」

山本くんはそう言って、いつも座っている一番前の列の右端の席に座った。

「栞麗、私は聞いてない」

「何が？」

「山本と仲良くなったなんて、ひと言も聞いてない！　まさか目移り⁉」

「日和、そろそろ怒るよ」

日和はもっと自分の恋愛を気にしたらいいのに。

いつまでも他人の心配ばかりしてしまう優しい日和だから、疾風くんに好意を寄せられていることにも気がつかないんだよ。

「私のことはもういいから。はいはい今度こそ授業始まるよ」

「うぅ、帰りたい……」

しばらくは、なんの変哲もない普通の日常だった。

だから、意外と距離を置くって簡単なものなのかと思ってしまっていた。

夜ご飯一緒に食べられないのか～とか、朝世那くんの顔見れないんだとか、家にいると考えてしまうけど、休憩期間と思えば気持ちも楽だった。

なるべく無駄なことを考えないように少しバイトを増やしたり、勉強時間を多く取ったり。

　世那くんがいなくても自分は普通に過ごせるんだと思い込みたくて、とにかく世那くんに出会う前の生活に寄せてみた。

　忙しいのは久しぶりだったけれど、二週間もすれば体も慣れる。

　そんな感じでバタバタと動いていたら、世那くんと連絡すら取らないまま十二月を迎えてしまっていた。

「げ、またテスト期間だ……」

「疾風くん、テスト嫌い？」

「嫌いも何も、テスト好きな人いるんすか」

「まぁでもさ、テスト頑張ったらすぐ休みじゃん」

　季節はもう冬。一年の終わりが迫ってきていた。

　去年のこの時期に珍しく雪が降って、店長がお店の前で滑ってコケてたな。

　なんてどうでもいいことを考えながら、私は今日も疾風くんと大量のお皿を洗っていた。

「そういえばクリスマス誘ったの？　日和」

「見事断られました……」

「だろうね〜。家に私がいるのに疾風くんと一緒に出かけるわけないもん」

「ですよね……」

「嘘嘘。私からも言っておくから、ほんと今回こそ一緒に行ってきな？　私のことは気にしなくていいから」

疾風くんはあれから相当日和に惚れ込んでいるようで、クリスマスに一緒にイルミネーションを見に行こうと誘ったらしいのだが。

『え？　なんであんたのバイトの後輩とクリスマス過ごさなきゃいけないのよ～。てか今年は茱麗が家にいるし出かけないよ』

疾風くんがこれだけ熱心に誘っていても、本人はまだただの後輩としか思っていない様子だった。

「日和を振り向かせるのは大変かもしれないけど、私も手伝うから。何より疾風くんには借りがあるし……」

「先輩もういいですって！　あれは仕方ないですよ」

少し前の学園祭。ふたりが一日目の午後に一緒に回る約束をしていたのにもかかわらず、私が倒れてしまった。

あの日、日和に告白しようとしていた疾風くんは、そのせいでチャンスを逃してしまったのだ。

だから今度こそ私は、疾風くんと日和がふたりで会える時間を作らなければいけない。

「大丈夫。なんだかんだ日和、私の言うことは聞いてくれるから」

「まじすか。先輩強いっすね」

「任せて」

こんなに偉そうに後輩に語っているけれど、自分の恋愛には未だに変化がない。

あれからもうすぐ一か月。思いのほか私は普通の毎日を過ごせていた。大学で日和と一緒に授業受けて、週の半分はバイトに行って。

それなりに充実していたと思う。

最初の数日は急に会わなくなった違和感で少し寂しさを感じたこともあったけれど、自分で決めたことだと思えば耐えられた。耐えるしかなかった。

生活に支障は出ない。ただ少し、心に隙間ができるだけ。

自分の中に、どうやってもあの人でしか満たされない部分があることは確かだった。

「あ、おかえり〜」

「ただいま。あ、またスイーツ買ってきてるし」

「今日は頑張ったからいいの！」

「そうだね」

帰ってきたら冷蔵庫に毎日コンビニスイーツがある生活にも慣れたし、自分達で作る不器用なご飯にも愛着が湧いた。

「ねぇ日和、疾風くんの誘い断ったんだって？」

「うん。だって茱麗、家にいるでしょ？　てかこの話この間もしたじゃん！」

「あーその日私いないよ。バイト」

「はっ⁉　クリスマスまでバイトとか正気⁉　やっぱり柊さんがいないから……」

日和に変な誤解をされているみたいなので、一応弁解する。

「正気。元々は入れてなかったけど、予定もないし人足りてないみたいだから。それと世那くんは別。関係ないから」

「いやいや、柊さんは？　いいの？」

「……うん」

「そんなこと言って、もう一ヶ月くらい経ってるじゃん」

「まだ一ヶ月だよ」

少し前から気がついていた。

私は世那くんを自分で縛りたくないと思いながら、距離を取るという方法で今も縛り続けている。

一ヶ月経っても、私の気持ちが変わることはない。世那くんのことを嫌いになれる日なんて、絶対に来ない。

そんなことは前から分かっていたはずなのに、まだ怖い。また世那くんと一緒にいるようになった時、どんどん醜い自分が見えてくるのが。

どうしたら私は強くなれるのだろう。

いつになったら、普通に恋愛ができるのだろう。

「もうこのまま今年終わっちゃうよ」

「うん」

「柊さんもきっと待ってるだろうし。栞麗の返事がどうであれ」

分かってる。日和が何を言いたいのかも分かってるつもり。

だけど日和はそこまで踏み込んでこない。前からそう。

私が日和に対してまだ一歩引いていた時も、踏み込んできてほしくないところをちゃんと分かってくれていた。

今の私も、日和からしたら同じように見えてるのかな。

日和が買ってきてくれたスイーツを食べていた時、私のスマホが鳴った。

電話なんて滅多にかかってくることがない私のスマホ。

珍しいなと思い画面を見ると、表示されていた名前に思わず声が出た。

「えっ⁉」

思わずスマホを二度見した。電話の相手は世那くん。

少し震える指で通話ボタンを押す。

「も、もしもし……」

「あぁいきなりごめんな。定期健診の日程聞きたくて電話した」

予感はしていたけれど、これは主治医としての電話。

一瞬でも喜んでしまった自分を今すぐに殴りたい。

それでも、一ヶ月ぶりに聞くことができた世那くんの声。

たった一ヶ月離れていただけなのに、それまでが近すぎたせいかすごく久しぶりに感じてしまう。

「あ……はい。その日で大丈夫です。はい」

世那くんもおそらく、仕事中に電話をかけてきてくれたのだろう。途中からは病院での世那くんの口調に寄っていた。

今はその声に違和感があるけれど、本来はこの距離感が当たり前。

私達は早くから近づきすぎてしまった。

「じゃあ十日の十七時からで」

「はい、お願いします……」

もうこれで必要な会話は終わり。

またこれで、いつこの声を聞けるか分からない。

世那くんもそう思ってくれているのか分からないが、電話はまだ繋がったままだった。

「……元気にしてるか」

「えっ……あ、うん。それなりに」

「距離置くっつっても、こんなに連絡取らないとは思わなかったけど」

「ご、ごめんなさい」

「まぁいいよ、俺はいつでも。栞麗のタイミングで」

私があたふたとしているうちに、先に世那くんが話を振ってくれた。

久しぶりに聞く優しい声。その声を聞いた時、じんわりと心が満たされていく感覚に包まれた。

やっぱりこのままでいい訳ない。私はいつまで世那くんのことを待たせるんだ。

「世那くん」

「ん？」

「年末空いてる日、ありますか？　会って話したい」

「……うん。分かった。栞麗が次病院来る時までに確認しとく」

「ありがとう。じゃあ……おやすみなさい」

「おやすみ」

電話を切るのは毎回私。世那くんからは絶対に切らないから。

今日もやっぱり、世那くんは自分から電話を切らなかった。

「よく頑張った栞麗！」

「うわっびっくりした、何……」

「もうここからは自分がどうしたいかだけ考えな？　そしたらどう転んだって後悔しないよ」

お風呂から上がったらしい日和にいきなり抱きつかれ、そんなことを言われる。

この三年間私を近くで見てくれていた日和に言われると、説得力しかない。

少しは私も変われているはず。

「私は栞麗が選んだ方を応援するよ。恋愛も進路も全部！」

「ありがとね日和」

この一ヶ月間、ずっと考えていた。

こんなに苦しむんだったら、もう最初から世那くんに出会わなければよかったのかもしれない、なんて思った時もあった。

でも世那くんに出会っていなかったら、私はどうなっていただろう。

未だに過去の記憶に引きずられて、暗い道を歩いていたかもしれない。

世那くんが私に教えてくれたのは、恋愛の苦しさだけじゃない。

それよりももっと大切なことを教えてくれた。私の人生にとって失ってはいけない存在になっていた。

＊＊＊

「斎藤さんはさ。付き合ってる人とか、いるの？」

「えっ」

どうして今私は……山本くんにこんなことを聞かれてるんだっけ。

遡ること一週間前。

試験まで二週間を切ったため、私達は試験勉強のラストスパートに入っていた。

「山本お願い！　私達の勉強見てくれない？　ちょっとだけでいいから！」

「日和、さすがに迷惑だよ」

「うん、いいよ」

「えっ？」

学園祭以来、よく話すようになっていた山本くん。

彼はこの学部でも有名な優等生。毎回いっぱいいっぱいになってしまう私と日和からしたら、考えられないくらい頭がいい。

今回は二つほど焦りを感じる科目があり、頭を悩ませていたところだった。

優等生の山本くんだから、試験前の貴重な時間なんて奪われたくないはず、と思っていたのだけれど。

「え、い、いいの？　どの科目？」

「全然いいよ。どの科目？」

山本くんは思いのほかあっさりと了承してくれた。恐ろしいことに、もうテスト範囲は完璧らしい。

そんなことがあり、この日から私達と山本くんの勉強会が始まった。

試験まで残り二週間。過去問を参考に出題されそうな所をひたすらに勉強した。

「うん。斎藤さんはほとんど大丈夫かな。ここの二科目以外の復習に入ろう」

「はいっ」

「高橋さんは……もう一周問題集やろうか」

「だよね。まだだめだよね、あぁもうどうしよう……」

「大丈夫。もう一周もやればきっと完璧になるから」

山本くんの教え方は効率的かつ分かりやすく、ふたりともみるみるうちに解けるようになっていった。

自分で解いて分からなかったところもほとんど解決。

試験二週間前というギリギリなスケジュールだったけれど、私は一週間で全範囲の勉強を終えることができた。

「ごめん、私ゼミの研究室寄ってから帰るわ……」

「分かった。じゃあまた明日ね、日和」

「高橋さんお疲れ様」

その日の帰り道。

私達三人はみんな地方からの上京組で家も近いので帰りは毎回一緒に帰っていたのだけれど、今日は私と山本くんのふたり。

外に出るともうすっかり暗くなり、空には綺麗に満月が浮かんでいた。

満月の周りで煌めく星達も、生き生きとしているように見える。

山本くんと、あれはなんの星だろうね、なんて話しながら帰っていた。

「ほんとありがとね。私達山本くんがいなかったら結構危なかったと思う……」

「役に立てたならよかったよ。それよりふたりとも、一週間でここまで仕上げられるのはやっぱりすごいね」

「いやいや、それは山本くんの教え方が上手いんだよ！　ほんとに！」

山本くんは自分の優秀さを全く自覚していない。努力も努力と思ってないみたいだし、とにかく謙虚。

「そういえばもう大丈夫？　あの、学園祭の時に悩んでたこと」

「あー……うん。解決はしてないけど、大丈夫」

山本くんから急に学園祭の時の話が出て少し驚いたけど、動揺を隠していつも通りの私を演じた。

「そっか。でも斎藤さん、最近元気ないよね」

「え、嘘。そうかな」

「ごめんいきなり。でも夏明けくらいの斎藤さんと比べたら、ちょっと元気ないかなって思って」

その頃はまだ山本くんともあまり話したことがなかった時期だ。やっぱり山本くんのような人は、他人のことをよく見ているんだなと思い知らされる。

「すごいね、私なんて日和のことでもそんなこと覚えてないよ～」

「僕もそんなに記憶力がいいわけじゃないよ。斎藤さんは……よく目に入るけど」

「え、私そんなにうるさい？　ごめん…」

「あ、いや……僕が勝手に斎藤さんのことを目で追ってるから、だと思う」

全く予想もしていなかったことを言われ、何も言えなくなってしまう私に、山本くんは続ける。

「意味、伝わったかな……」

「え、と……」

頭が混乱して上手く言葉が出てこない。でも、きっとそういうことだ。

私が戸惑っていると、山本くんは言った。

「斎藤さんはさ。付き合ってる人とか、いるの？」

「えっ？」

少し赤くなった顔の山本くんと目が合う。

いつからだろう。全く分からなかった。思い返せば疾風くんの時も、私は本人に言われるまで全く気がつかなかった。

「う、ん……」

「……そっか。だよね。僕の方こそごめん。いきなりこんなこと聞いちゃって」

「私は大丈夫。気にしないで」

私も歩き出した山本くんの背中を追いかける。

「もしかしてさ、こないだの悩んでるって言ってた話。彼氏さんのことだったりする？」

「あっえっ、と」

「やっぱりそうか、ほんとごめん。彼氏さんに謝んなくちゃだね僕」

山本くんの顔は見えないけれど、いつもより声が震えているのが辛い。

また私は無意識に人を傷つけてしまった。

恋愛はなんで誰かが傷つかないと成り立たないんだろう。

最後にはふたりとも辛くなってしまうかもしれないのに、なんで人は誰かを好きになってしまうんだろう。私も、山本くんも。

「じゃあ、また明日」

「うん」

「……さっきのやつ、忘れて。なかったことにしてほしい」

「え、でも……」

「大丈夫。明日会った時から、いつも通りで」

私はまた、何も言えなかった。

＊＊＊

「寝れなかった……」

次の日。

考えちゃだめだと思いつつ、どうしても頭の中に山本くんが浮かんできてしまい、全く眠れないまま朝を迎えてしまった私。

夜中もずっと頭を使ってた感覚。なんだかすごく疲れてしまった。

眠れないなら勉強でもしようかと思ったけど、全く頭に入らず。

重い体を起こし、とりあえず顔を洗う。

「うわっ」

肌の弱い私は、精神状態や睡眠不足の影響がすぐに肌に出る。

案の定、いつもよりも肌に赤みが多く出てしまったり、クマが酷かったり。

「せっかく世那くんに会えるのに」

よりにもよって今日は定期健診の日。

約一ヶ月ぶりに世那くんに会えるのに、まさか前日にこんなことが起こるとは思わなかった。

病院は十七時から。それまではいつも通り、大学の授業がある。

昨日の今日で山本くんとはどんな顔で会えばいいのか分からないけど、本人になかったことにして、と言われてしまったら何も言えない。

「ってやば。メイクなんかしてる時間ないし」

「ちょっと栞麗もう出るよ！　はやくはやく」

起き上がるまでだいぶ粘ったせいで、時間はギリギリになってしまった。

完璧に仕度が終わっている日和とは対照的に、私の格好はボロボロ。

なんとか準備を終わらせ、私は日和と一緒に家を出る。

急いで大学に駆け込んだ私達は、授業の開始直前に教室に到着。

授業が始まる前に山本くんと会うことはなかった。

「そういえば今日山本と話してないや。栞麗見かけた？」

「私、も見てないかな」

「そっか〜休みかな？　電話してみよ」

「いやっ、いいんじゃない？　多分授業には出てたと思うし……」

「そう？」

日和にはまだ、昨日のことを伝えてない。

面識のある人に勝手に話されるのは嫌だと思うし、今回ばかりは日和にも相談できない。

「今日は勉強会なしでしょ？　栞麗病院だもんね」

「そうだね」

「ちゃんと話してくるんだよ？　一ヶ月ぶりなんだから」

山本くんのことをずっと考えている訳にもいかない。

あと数時間後に、私は世那くんと会う。

今日は病院で会うだけなのでそこまで話せないけれど、世那くんと会える事実だけで緊張してしまう。

私の中で答えは出ていた。あとはそれをきちんと世那くんに伝えるだけ。

「今日は普通に診察して、年末の予定こっそり聞くくらいだと思うけど。……まぁ、頑張るね」

「よし！　気合い入れて午後も頑張るぞ！」

「元気すぎでしょ……試験一週間前でこんな元気な人、この学科に日和だけだよ」

元気すぎる日和がいるおかげで、鬱々としがちな試験期間を毎回乗り越えられているんだから、本当は感謝しなくちゃいけないのだけれど。

私はカフェオレをぐいっと飲み干して、午後も勉強に励んだ。

＊＊＊

ただいま十六時五十五分。

あれから十五時まで授業を受けて、私は一度家に帰った。

いつも大学に行っているだらしない格好で世那くんと会うのはやっぱり気が引けたので、出掛ける準備は入念に。

そして今は、病院の入り口に着いたところ。

あんなに世那くんに会えるのを楽しみにしていたはずなのに、いざ病院に着いてみると、お馴染みの嫌な緊張感が私を襲う。

もう予約時間まで五分くらいしかないし、早く中に入らなければいけない。

分かっているけどなんとなく足が動かず、私は病院の入り口で止まってしまっていた。

「栞麗、ちゃん?」

後ろから女の人の声が聞こえて思わず振り返る。

「葉月さん……」

突然現れた葉月さんは私に謝りたいことがあると言い、頭を下げ始めた。

「本当にごめんなさい！　最初に会った時、ふたりの関係何も知らずに……馴れ馴れしかったよね。病院でも変に話しかけに行っちゃってごめんなさい」

「あぁいやそんな！　私は全然……」

「確かに世那に彼女がいないんだったら、もしかしたらって思ったけどね」

「えっ」

分かりやすく青ざめる私を見て葉月さんは笑って続けた。

「でもね、この間世那に言われたの。栞麗ちゃんはただの患者じゃない、俺が大切にしてる子だからって」

世那くんがわざわざ葉月さんにそんなことを言ってくれていたという事実に、一番驚いた。

「そんなこと言われたらもうこっちは何も言えないよ〜。世那があんなに真剣なのもびっくりしたけど……相手が栞麗ちゃんだったからなんだね」

「え……？」

「世那さ、私と好きで付き合ってた訳じゃなかったと思うの。私の告白に負けたって感じだったし、一年間ずっと付き合ってるはずなのに、全然私に興味ないままだった。世那自身がそういう人なのかと諦めてたけど、違ったみたい」

初めて聞いた、世那くんの過去の恋愛。

前に瞬太さん達から聞いた時も恋愛に無頓着だったとは言っていたけれど、葉月さんと付き合っていた頃の話だったんだ。

「あの世那がここまで言うなんて、相当好きなんだろうなって思った。あ……なんかごめん、すっごい上から話してるよね私」

「い、いえ。世那くんがそんな感じだったことに……びっくりしてて」

「そうそう。だから栞麗ちゃん、あいつのことよろしくね？」

「え」

「もう多分世那も、栞麗ちゃんがいないとだめなんだと思う」

葉月さんと話していると、世那くんと出会ってからの思い出が全て蘇ってきた。

思い返してみれば、最初から世那くんは私のことだけを見てくれていた。

私がただの患者だった時からあんなに大事にしてくれていたのに、どうして今まで気がつけなかったんだろう。

「え、栞麗ちゃんどうした？　わ、泣かないで〜！」

いつの間にか涙が溢れていた。

何を今までぐちゃぐちゃと考えていたんだっけ。

強すぎる感情は、やっぱり無視できないみたい。

「ごめ、なさ……っ、大丈夫です」

「でも」

「ありがとう、ございます。私……世那くんが好き、なので。絶対に諦めたりしません」

「うん。世那には栞麗ちゃんが必要なんだよ。ここ最近ね、仕事で会う機会が多かったんだけど……なんか元気なかったもん。あ、今日ももちろん仕事で来たんだけどね。だから早く会ってあげて？　じゃないとあの人、そろそろ倒れちゃうよ」

葉月さんはふふっと笑って、私の涙を拭いてくれた。

やっぱり世那くんへの気持ちはなくならない。早くこの気持ちを伝えなくちゃ。

「そういえば栞麗ちゃん、もしかして今日診察？　引き留めちゃってごめん！　何時から？」

「あ……十七時、です」

「えっ、ごめんなさい！　後で私からも世那に謝っておくけど、栞麗ちゃんもちゃんと私に引き留められてたって伝えて！」

「はい、色々ありがとうございました……」

「うん。頑張ってね！」

世那くんに会う前に、葉月さんのことがはっきりしてよかった。

それに、さっきの話を聞いてから早く世那くんに会いたくて仕方がない。

会って、早く謝りたい。

ずっと私のことだけを見てくれていた世那くんと離れたいなんて、私はやっぱり馬鹿だ。

今度は世那くんが想ってくれた分、私が返す番。

「遅くなってごめんなさい！」

なんとか辿り着いた、いつもの診察室。そこにはやっと会えた、大好きな人。

「よかった、また入り口のところで動けなくなってるのかと思った」

「まぁ、間違ってないです」

「さっさと終わらせるぞ」

「世那くん相変わらずですね」

「は？　いや、俺がどんな気持ちでこの一ヶ月過ごしたと思ってんだよ」

そりゃそうだ。こんなにも自分のことを大切に思ってくれている人を、私は手放してしまうところだった。

本当は今すぐに抱きついて、沢山伝えたい。けれどここはまだ病院だから。

いつも通りの診察を進めながら、溢れそうになる気持ちを鎮めていた。

「どう？　最近は。俺なしでもちゃんとやってた？」

「今は試験期間だし、ずっと勉強してました」

「知ってる。まぁちょくちょくお前の友達から様子は聞いてたし」

「また日和!?　前に世那くんに私のこと聞かれても話さないでねって言っといたのに……」

また私の知らないところで、日和と世那くんが繋がっていたなんて。

日和もこういう時に何も言わないのがずるい。後でまたお礼を言わないと。

「あ、そうだ年末だけど……二十四日は空いてる」

「じゃあ、その日でお願いします」

「てか今じゃだめなの？」

「え、でも世那くん仕事は」

「もう外来終わったし、栞麗の診察が最後」

私もこの後予定はない。今さら何を考える訳でもないのに、急に緊張してきてしまう。

「まぁ病院で話すのもなんだし、外出るか」

大丈夫、落ち着け。この一ヶ月間、この時のことを何回も考えて過ごしてきたんだから。

「そう、ですね」

「ちょっと待ってろ。着替えてくるから」

世那くんはそう言って、私服に着替えてきた。

頭の中で思い出していたよりも、実物の世那くんの方が断然かっこいい。

電話越しの声よりも生の声を聞きたい。世那くんに、触りたい。

そう思ってしまうくらいには、もう私は世那くんから離れられなくなっていたんだ。

病院を出ると、冷たい風がふたりを包む。

世那くんと会わない間に、街はすっかり冬の匂いがするようになっていた。

いる。

世那くんの家に向かってるはずなんだけど、もう病院を出てから数十分は経っている。

「あーさみぃ」

ずっと話を切り出せずにいる私を、世那くんは待ってくれていた。

会ったばかりの時もそうだった。

世那くんはいつも私に寄り添って、歩幅を合わせてくれる。

「世那、くん」

やっとの思いで絞り出した私の声は、小さくて震えていた。

歩く足を止めて私を見つめる世那くん。

「うん」

「あの、ね。えっと」

喋ろうとしては言葉が出ずに……を繰り返している私を見て、世那くんはそっと手を握ってくれた。

大丈夫だよ——私は世那くんのこの言葉に、何回救われただろう。

きっとこれからも私は、世那くんに助けられながら生きていくんだろうな。

でも私だけ守られるなんて嫌だ。

世那くんの傍にいたい。支えたい。

誰からも必要とされず孤独だった過去には、もう戻らない。そう決めた。

「一ヶ月も待たせちゃって本当にごめんなさい。この一ヶ月、私……普通に過ごしてました。世那くんと出会う前と同じ。ちゃんと大学とバイトにも行ってました。普通に生きてたの」

自分で距離を置きたいと言っておきながら、もしかしたら少し落ち込んだりするのかもと思っていたけれど、それもあまりなくて。

寂しさが少しあったくらいで、毎日の生活はたいして変わらなかった。

「だから正直、このままでもいいのかもって思った」

「……うん」

「けど……だめだった。一回世那くんと過ごした時間は消えなくて、その時間が特別すぎたことに今さら気がついて」

世那くんと一緒に住んでいた時は、ふとした時に寂しさを感じることがなかった。

離れていた間、家にひとりだったわけでもないし、日和だってそばにいてくれたのに。

だけど、その時初めて、世那くんでしか満たせない心の隙間があることに気がついた。少しの寂しさが、毎日積もっていって、いつの間にかどうしようもなくなってた。

私は世那くんに出会ってその温かみを知ってしまったから、心の隙間に気づくことが出来たのだと思う。

「心の隙間を満たせるのって恋人じゃない場合もあると思う。友達、家族とか。でも私は世那くんだった。世那くんに出会わなければこんなこと一生知らずに生きていけたのに……私は世那くんに見つけられちゃったから」

「なんだよ、見つけなくちゃよかったか？」

「……ううん。世那くんが見つけてくれなくちゃ私はここにいない。だから、見つけてくれてありがとう」

今にも溢れそうな涙が邪魔だ。世那くんも気がついているだろう。

だけど、ちゃんと自分の気持ちを伝えきるまでは泣かないと決めたから。

「……不安だった。私が世那くんの重荷になっているんじゃないかって。私は世那くんの隣にいたらどんどん欲張りになるし、自分の嫌なところばっかり見えてくる。こんな私と、一緒にいない方が世那くんのためだと思ったし、もうこれ以上自分のことを嫌いになりたくなかった」

「うん」

「世那くんが幸せになれるんだったら自分が離れればいいって思った。思ったの、に……やっぱり世那くんには、私の隣で幸せになってほしいっ……」

「うぅ……」と小さな嗚咽が洩れる。涙が頬を伝って落ちていく。

世那くんは優しく抱きしめてくれて、私は背中に手を回す。

「いや、何それ。栞麗かっこよすぎるでしょ」

「何……笑ってるんですか」

「私の隣でって……ふ、逆プロポーズかと思うくらいかっこよくてなんか悔しいし」

「うるさい……まだ話終わってない……」

「はいはいごめんね」

せっかく勇気を出して真面目な話をしていたのに、なんだか結局いつも通り。

やっぱり私と世那くんに、固い空気は似合わない。

「とにかく……たくさん待たせてごめんなさい。私はやっぱり、世那くんの隣にいたいです」

「俺も、そろそろ限界」

「世那くん……？」

「栞麗、俺達ちゃんと付き合おう」

世那くんが私と目を合わせて、言った。

私がずっと待ち望んでいた言葉。嬉しくて、さらに涙が零れた。

「ほ、んとに……？」

「うん」

「私……世那くんの、彼女？」

「うん。彼女」

どうしようもなく嬉しくて、幸せで、力いっぱい世那くんを抱きしめた。

久しぶりに触れる世那くんのぬくもりが、苦しいほど愛おしい。

「俺ももっと早く言えばよかったって死ぬほど後悔した。もう栞麗の体調も安定してたし、言えるタイミングなんていつでもあったよな」

「う、ん……っ」

「でもちょっと怖くてさ。この先何かがあって栞麗の傍にいられなくなったら俺は、医者としても関われなくなっちゃうだろ。そう思ったら、このままの関係をもう少し続けてもいいのかも、なんて甘えたこと思ってた」

「そうだったの？」

世那くんは世那くんで悩んでいたんだ。私との関係が変わってしまうこと。

「多分、自信がなかったんだろうな。けどもうさ、今は好きって気持ちだけでいいのかなーって。そんな先のことばっかり考えたって何も分かんないし」

「……うん」

「だから俺はもう感情に素直に生きることにした。……栞麗が好き。ずっと一緒にいたいし、もう絶対離したくない」

　世那くんが私にこんなにも気持ちをはっきりと伝えてくれるのは初めてで、この一ヶ月たくさん悩ませてしまったんだなと申し訳なくなったけれど、気持ちをはっきりと言葉にしてくれるのは嬉しかった。

「私も、世那くんが好き。……嫌になっちゃうくらい大好き。こんなにめんどくさい私でも、好き？」

「栞麗がめんどくさいのなんか前からだろ。そういうの全部ひっくるめて好きだって言ってる。だからもう泣くな。クマも酷いし……どうせ寝てないんだろ。ひっどい顔」

「そこまで言わなくても……」

「ま、悔しいけどひっどい顔してても好きだよ、俺は」

　世那くんなりの泣き止ませ方。

　世那くんの優しさは世界一分かりづらくて、世界一分かりやすい。

　そんな不器用な優しさが大好きで、こんなのもうどうしようもなくて、ただ好きと言うことしかできない。

「世那くん」

「ん？」

「私を見つけてくれて、ありがとう」

「……んだよそれ」

「世那くんのおかげで、人のことを信じられるようになった。これから先の未来も考えられるようになった。……世那くんと一緒にいる時の私は、嫌いになっちゃうときもあるけど、ちょっと好きだなって思えた。全部全部、世那くんに出会わなければ気づけなかった」

ほぼ泣き笑いだった。やっと言えた。ずっと言いたかったこと。

「泣くなって言ったろ……」

「笑ってるもん。泣いてない……」

「俺もこの一ヶ月、死ぬほど会いたかったし死ぬほど寂しかった。好きって伝えられないのがこんなに辛いとは思わなかった」

「いっぱい言ってください。私もいっぱい言うので」

「お前言ったな?」

世那くんと目が合い、笑顔で頷く。

あぁ、これが幸せというものなのかもしれない。

「早く帰るぞ。寒いし、早くふたりきりになりたい」

「今も実質ふたりきりじゃないですか、周り誰もいないし……」

「何、別に俺は外でもいいよ？」

「はっ……⁉　馬鹿なこと言ってないで早く帰りますよ！」

世那くんの方がいつも上手で悔しいけれど、きっとこれから先も私は世那くんに敵わないのだろう。

星屑の数ほどいる人の中から、私のことを見つけてくれた世那くん。

そんな素敵な人に出会えたことを、私は一生誇りに思う。


「ちょ、世那くんほんとに待って！」

「無理。待てない。てかもう待たない」

家に帰った途端突然キスをされ、世那くんの部屋でそのまま押し倒されてしまった私。

急すぎる展開に全くついていけてない私をよそに、世那くんは私の体のいたるところにキスをし始めてる。

「待って待って待って待って……！」

「何、うるさいんだけど」

「私の気持ちは無視ですか……⁉」

「じゃあ栞麗は、俺とこういうことするの嫌？」

押し倒されたまま至近距離でそんなことを聞かれ、私の頭はもうキャパオーバー寸前だ。

「嫌……じゃない、けど」

「じゃあやめない。俺は散々待った」

「わ、あー!? ど、どこ触って……！」

慣れた手つきで私の体に触れていく世那くんを止めようとしても、全く聞いてくれない。嫌な訳ではないけど、こんなにも急だとは思わないし……！

「ねぇ、さっきからうるさい。まだ喋ってられる余裕あるの？」

「ま……まだって、なんか世那くんが言うと、全部そういう意味に聞こえるからやめてください！」

「うん大丈夫、そういう意味だから。はい栞麗ちゃん、こっち向いて」

私が何を言っても上手くかわしてくる世那くんを見て、もうここは私が腹をくくるしかないのだと確信した。

「だいじょーぶ。栞麗がすることはなんもないから」

「なに、それ……」

「ん？ 内緒」

そう言われたのを最後に、私は本当に喋っているどころではなくなってしまい、とにかく必死に世那くんにしがみつくしかできなかった。

そんな私を世那くんは愛おしそうに抱きしめてくれる。幸せで、おかしくなりそうだ。

この日感じた痛みも、幸せも、世那くんの体温も、きっと一生忘れない。

そんな夜をふたりで過ごした。

＊＊＊

「ということでお疲れー!!」

「お疲れ～!!」

まあまあ大変だったテストも終わり、明日からやっと冬休み。

正式に世那くんの彼女になったあの日から、私は世那くんの家に戻った。

「山本、ほんっとにありがとう!!　恩人すぎる!!」

「ギリギリだったけど間に合って良かった。ちょっと焦ったけど」

「私やればできる子だからさ」

「……はい」

「何その微妙な反応！」

私も日和も、山本くんのおかげで単位を落とすことはなく、無事留年は免れた。

私も山本くんには本当に感謝をしないといけない。

あんなこともあったし、山本くんのことを避けてしまっていた私。

日和は直前まで放課後に山本くんと一緒に勉強していたみたいだったけど、私は気まずくて行けなかった。

だから今こうして目の前に山本くんのいる状況が久しぶりすぎて、少しぎこちなくなってしまっている気がする。

「今日からしばらく自由だー！　この後三人で打ち上げでもする⁉」

「あー……どうしよ、っか」

やっぱりそうなるよね。日和はまだ三人でいたいよね。

でも私はきっと上手く喋れないし、山本くんにもまた嫌な思いをさせちゃうかも。

私が頭の中でうじうじと悩んでいると、山本くんに手を掴まれた。

「ごめん高橋さん、打ち上げの前に斎藤さん借りていい？」

「えっ」

「一瞬だけ」

「ちょ、何ふたりして……え⁉」

日和はひとり残されてしまい困惑していたみたいだから、しっかりと後で説明しよう。

早歩きで歩く山本くんの足が速くてどこに行くか気になるけど、付いていくだけで必死。と思ったら、山本くんは思ったよりすぐに足を止めた。

「わっ……」

「ごめん、手引っ張って」

「い、や大丈夫だけど……どうしたの？」

山本くんはいきなり私の腕から手を放した。腕にはまだ強い感触が残っている。

「やっぱり……なかったことにして、なんて無理だよね」

「えっ？」

「後からめちゃくちゃ無責任なこと言ったなって気づいて。俺が斎藤さんだったら絶対そんなの無理だし」

「うん……そうだね」

やっぱり山本くんも、あの告白をなかったことになんてしたくなかったんだよね。

あんな風に言わせてしまった自分が尚さら憎い。

「なかったことには出来ない。それは分かってるけど、斎藤さんとは普通に話したいんだ。友達として」

「私も話したいよ。でも今と前じゃ違うもん。嫌いになったとかじゃなくて……すぐに前と同じようにはなれない、と思う」

「……だよね」

酷いことなのかもしれない。でももし私が世那くんだったらと考えると、嫌だ。世那くんが仲のいい女の人の中に密かに好意を寄せている人がいたら、やっぱりモヤモヤする。

「だから……ごめんなさい。気持ちは本当に嬉しいけど、今すぐ友達には戻れない」

「分かった。ごめんね、いきなり腕引っ張って」

「ううん、私の方こそ、テスト勉強ほんとに助かった。ありがとう」

私はそう告げて山本くんに背を向けた。

山本くんと前のように話せなくなっちゃったのは悲しいけれど、変に近くにいすぎる方が山本くんも辛くなってしまう気がして。

今すぐに友達に戻れないだけで、またいつか話せる。今はそう思うしかなかった。

「あ、やっと戻ってきたー！　山本は？」

「日和、私今日帰るね。ふたりで打ち上げお願い、ごめんね」

「え？　打ち上げしないの？」

「ほんとにごめん、今日実は世那くんと出掛ける予定あって」

「え、あの約束今日だったの？」

そう。実はこの後、世那くんとデートに行く私。

気持ちは複雑だけど、この予定は前から決まってたことだし、切り替えて楽しもうと決めた。

今回こそ、正真正銘の初デート。しかも今日は、クリスマスイブだ。

ずっと曖昧な関係だったこともあって、まともなデートをしたことがない私達。

この間私の誕生日会を開いてくれた時と同じような緊張感。

そんなことを思い出しながら、私は急いで荷物をまとめて大学を出た。

《今どこ？》

《いつもと同じところにいます。世那くんは？》

《あー、いたわ》

世那くんからそう返信が来た数秒後。

「おまたせ」

「わっ⁉　後ろから来ないでくださいよ……」

「おい、一応初デートだぞ」

十七時。誕生日会の時と同じく駅前で待ち合わせした私達。

クリスマス仕様に飾り付けられた電飾がふたりを照らしていた。

「さて今日はどこに行くでしょう」

「イルミネーション」

「……お前ほんとに可愛げねぇよな」

「いかにもって感じの待ち合わせ場所ですし……」

今日も今の今までどこに行くか聞かされていなかった私だけど、予想は的中。

「でもどこかは知らないです、さすがに」

今さら世那さんの前でかわい子ぶるなんて、恥ずかしくてできなかった。

「だろうな。まぁ着いたら分かる」

「……結局今日も行き先教えてくれないんですね」

「いいからいいから。ん、手」

世那くんと目が合い、手を差し出される。

「今日初めて目合ったな?」

「そ、そうですか？」

「うん。全然こっち見ないから照れてんのかと思った」

「今さら照れるわけ……早く行きますよ」

私は差し出された手を乱暴に握って歩き出した。

あーもう最近ほんとにだめだ。せっかくまた世那くんと一緒にいられるようになったというのに、恥ずかしくて変な意地を張ってしまう。

可愛げがないのは自分が一番分かっているけれど、どういう反応が正解なのか分からない。

世那くんと目が合うだけでドキドキしてしまう。もうこんなことで照れる間柄じゃないのに。

「こっちがいい」

「恋人繋ぎですか？」

「よく知ってんね。ほら、こっちの方が隙間ないでしょ」

「……うん」

世那くんはというと、さっきから余裕そうな感じが目に見えて分かって悔しい。

どうあがいても私と世那くんの間には七年の年齢差と恋愛経験の差があるわけで。

たまにそれを思い知って悔しくなる。

いつも私ばかりドキドキさせられているような感じがして。

「何そんな荷物持ってんの。一個貸して」

「あ、そこの席空いたよ。座っときな」

「次で降りるよ」

それに、私のことを未だに子供扱いしてくるのもムカつく。

世那くんからしたら七個下の私は子供なのかもしれないけれど、一般的に見て私はもう大人。

それなのに家でも外でも子供扱い……もう過保護の域では収まらない。

「一応言っておきますけど、私ひとりで電車くらい乗れます」

「栞麗が電車乗ってるとこ見たことないから、あんまり乗ったことないのかと思った」

「子供じゃないんだから……」

こんな感じで、完全に子供だと思われている。

でも傍から見たら私達って……どう見えているんだろう。

ちゃんとカップルに見えてるのか、急に心配になってしまった。

今日の世那くんはジャケットまで着て、めちゃくちゃにかっこいい。

大人の男性オーラが出まくっている。

そんな世那くんの横に私が並んだら……妹、と思われてもおかしくないのかもしれない。

「世那くん、もうちょっと子供っぽい服持ってないの？」

「は？　なんで」

「別に」

あの時、もう小さなことは気にしないって決めたはずなのに。

またしょうもないことで悩んでる。

未だに世那くんのスペックが高すぎて、怖気づいてしまうこともあるし。

特に外に出ると周りの視線が痛い。家にふたりでいる時は大丈夫なのに。

「今日何食べたい？」

「うーん……」

「肉好き？」

「好きです」

「りょーかい。うまい店行こ」

「えっ、いいんですか」

「瞬太の知り合いが鉄板焼きの店やってんだよ」

「瞬太さん、ほんとに顔広いですね……」

なんだかんだ一時間くらい電車に乗り、着いたのは都内のイルミネーション。

こんなキラキラとした街を世那くんと歩けるなんて、想像もしていなかった。

「綺麗～……私、イルミネーション初めて見ました」

「どう？　初めてのイルミネーションは」

「ちょっと眩しい」

「茱麗ちゃん、その感想は素直すぎない？」

イルミネーションなんて正直、なんでみんながこぞって行きたがるのか分からなかった。

キラキラしてて、眩しくて。あんなところ行ったって虚しくなるだけだと思い、上京しても一回も行かなかった私。

初めて見るイルミネーションは思っていた通り眩しくて、少し眉をひそめてしまうほど。

けれど、初めて好きになった人と手を繋いで歩く街はもっと眩しく見えた。

しばらくイルミネーションを見た後は、世那くんおすすめのお店へ。

お店に入り、世那くんは店長さんと軽く挨拶すると、適当にオススメを注文してくれた。

「え……せ、世那くんやばい、これっ、やばい」

「分かった分かった、さっきから何食べてもその反応してる」

「芹沢さん……とっても美味しいです……!!」

「はは、それはよかった！　世那、いい子連れてきたな」

外観からして、絶対にひとりでは入らないようなお高めな雰囲気。

慣れない環境に最初は少し緊張してしまったけれど、瞬太さんと知り合いだという店長の芹沢倫さんは優しくて話しやすい方だった。

しれない。

その顔を見てふと我に返る。……もしかしてこういうところが子供っぽいのかも
隣で大興奮な私を見て、笑っている世那くん。

「めちゃくちゃ気に入ってんじゃん、まぁよかったけど」

「ほんとに嘘じゃなくて、生きてきた中で一番美味しいです……」

「うまい？」


私のイメージする大人な女性……葉月さんとかは絶対こんな喜び方しないよね。

葉月さんは見た目や雰囲気もだけれど、話し方や仕草も大人っぽい。

うん。今度葉月さんに聞こう。私の場合、見た目から無理かもしれないけど。

「倫さん、お手洗い借ります」

「はいはいどうぞ～」

世那くんが席を外し、私と芹沢さんふたり。

完全に世那くんが見えなくなったところで、芹沢さんは急に前のめりになって聞いてきた。

「ねぇ栞麗ちゃん、世那のことどうやってオトしたの？」

「ごほっ……えっ⁉」

思わぬ方向からの質問に、ウーロン茶を吹き出しそうになる。

でもそうか。やっぱり世那くんと付き合っている人が私とか、気になる要素しかないんだろう。

「いやびっくりしたんだよ、世那から彼女できたって聞いた時。あいつモテるけど自分から彼女作ろうとなんかしなかったし」

「確かに……」

「でも栞麗ちゃんとは結構上手くいってるみたいだし。恋愛に全く興味なかったあの世那がねぇ」

「いえそんな……」

昔の世那くんは、本当に恋愛に対して興味がなかったんだな。

世那くんを知る人誰に会っても同じことを言うのだから、周りが心配するほどだったのだろう。

「世那ちょっと恋愛に冷めてるとこあるからなぁ。ほら、彼女に対する返信遅かったりとか」

「あー……今のところは大丈夫、です」

「えっまじで言ってる⁉」

「はい。むしろ私の方が遅くて怒られたりとか……」

「嘘⁉　待って、それは初めて聞いた」

芹沢さんはかなり驚いて何度も聞いてきた。

逆に私は芹沢さんが驚いてる方が驚きで、さっきから聞きたいことがたくさんあるんだけど……。

「いやいや、世那が仕事以外で返信早いなんてないけど」

「そうだったんですか……てっきり世那くん、誰にでも返信は早い方なのかと思ってました」

「それ栞麗ちゃんにだけだよ絶対。うわむかつく〜あいつどんだけ彼女のこと好きなんだよ、羨ましいな！」

色々と知ってしまい悶絶（もんぜつ）している芹沢さんと、自分に対してだけ返信が早いと言われ照れる私。

そんなカオスな状態の時に、当の本人の世那くんがお手洗いから帰ってきた。

「え、なんか栞麗に変なこと話しました？」

「世那お前、彼女に返信してる暇あったら俺にも早く連絡返せよ」

「あぁ……すみません。俺プライベートで使ってるスマホ、栞麗以外通知つけてないんで」

「はぁ⁉」

「えっ⁉」

私と芹沢さんが驚いているのをよそに、世那くんは何食わぬ顔で続ける。

「いや、栞麗からの連絡は見逃したくないんですよ」

「だからって他のやつからの通知切るか普通⁉」

「でもその日のうちには返してるんで……まぁ」

「まぁってお前なぁ、彼女主義かよ」

「はい」

あまりにも世那くんがさらっと答えるから、私と芹沢さんはずっと拍子抜け状態。

最近は周りの人の話を聞いて、世那くんが私のことをかなり好きでいてくれているのは分かってきた。

嬉しいけど本当に……なんで私なんだろう。

「いいな〜俺も彼女欲しい……」

「芹沢さんは理想が高いんですよ」

「そんなこと言ったら、世那だって結構面食いなところあるよな？」

「そうっすね。うちの彼女可愛いんで」

「ちょ、何言ってんの……世那くん酔ってるよね？」

いきなり私の顔を見つめてきたと思ったらこの発言。

外でこんなこと言うなんて、酔ってるに違いない。

「まだ大丈夫……」

「もう……だからお酒はやめといたらって言ったのに。これ以上潰れる前に帰るよ。芹沢さんにも迷惑かけちゃうし」

「ん……分かった。芹沢さん、会計これで」

「えっ、私も払いますって」

「お前何言ってんの？　俺が連れてきたんだから俺が払うに決まってるでしょ」

酔ってても一円も出させてくれないところは変わらないのか……。

世那くんはふわふわした足取りでお会計を済ませ、お店を出た。

「芹沢さん、ありがとうございました」

「世那、思ったより酔ってたな〜。帰り気をつけてね」

「え？　そんな酔ってない、すよ」

「すみません、今日は失礼します……！」

私はふらふらになった世那くんの手を引いて歩く。

良かった、私は飲んでなくて……ふたりとも潰れたらどうしようもなかった。

「あーやば一気に回ってきた、かも」

「ほらやっぱり……飲みすぎです、絶対」

「だって……お前の、せい」

「え？　私？」

珍しくお酒で顔を赤くした世那くんの足が止まり、両手で手を握られる。

目もとろんとしていて、昼間の大人の男性感はゼロ。

ただの可愛い柊世那になってしまっている。

「だって……栞麗がなんか元気、ないから。肉食べてやっと笑ってくれた、けど」

「えぇ……そうでした？」

「最初照れてるのかと思った……けど、なんか違うみたいだし。気、紛らわすために飲んでたら……酔、った」

「ち、違う！　楽しくなかったとかではないです！　そんなんじゃなくて……」

俯いていた世那くんは顔を上げる。

今すぐ弁解したいけどお酒の入った世那くんが可愛すぎて、思わず笑いがこみ上げてくる。

笑っている私を、不思議そうにとろんとした目で睨みつける世那くん。

そんな目で睨まれても可愛いだけなのに……。

「……何、笑ってんの」

「ごめん。世那くん、かわいい」

「はぁ……？　うざ」

「さっきまで普通だったのに……今の世那くん、めちゃくちゃ可愛いです」

「嬉しくねーし……」

さっきまで遠く感じてしまっていた世那くんが、今はこんなにも近く感じる。

本来私の知ってる世那くんって、こっちの世那くんだったのかも。

外でピシッとしてて少し不愛想な世那くんは見慣れなくて。

「そんなん……栞麗の方がかわいい、よ」

「やっぱり酔いすぎですよ、世那くん」

「違う。今日……ずっと思ってた。いきなりそんな可愛くされると無理……」

「そ、そんなの私もですよ！　今日ずっと世那くんかっこいいし、私なんか隣にいていいのかなってずっと思ってて……」

「もしかして、それが理由？」

目を逸らしながら首を縦に振る私。

その途端、世那くんは安心したのかその場に座り込んでしまった。

「せ、世那くん」

「んだよ……そんなこと」

「え？」

「……俺と付き合うことにしたの、後悔してんのかと思った」

世那くんはすごく弱々しい声で言った。

こんなことを言ったら怒るだろうけど、世那くんも超くだらないことで悩んでたんだ。

私達って本当に馬鹿だなぁ。こうして話してしまえば一瞬で解決することを、それぞれ悩んで。そう思うと笑えてきた。

世那くんに関しては、こんなになるまで酔っちゃってるし。

「あ……そう、だ。これ」

「え？　何……」

世那くんがポケットから取り出したのは、黒くて四角い箱。

「えっ、何？　これ」

「……開けて？」

世那くんからその箱を受け取り、そっと開ける。

「ネックレス……？」

「うん……ごめん。こんなぐだぐだに渡す予定じゃなかったんだけど」

箱の中にあったのは、小さな星がトップについているネックレスだった。

「待って私世那くんに何も……」

「いや俺があげたかったの。この間たまたまそれ見つけて……栞麗そういえば星好きだったなって、思って」

いつもより少し優しい笑い方をして、世那くんは言った。

胸がぎゅっとなる感覚。本当に世那くんのことが好きだ、私。

どれだけ周りの人に不釣り合いだって思われても、やっぱり私は世那くんの傍にいたい。

いや、いる。世那くんの笑顔を見て、私はそう思った。

「ありがとう……かわいい」

「ん、貸してみ……つけてあげる」

てっきり後ろに回ってつけてくれるのかと思ったら、なぜか前から手を伸ばしてくる世那くん。

手が触れるか触れないかの距離で動いていて、なんだかくすぐったい。

「世那くん、つけられた？」

「んー、まだ……」

「ほんとにまだ？」

「まだ。なんか前からだとつけづらい……」

多分ふたりとも気がついていた。

ネックレスをつけるのなんか簡単で、ふたりともこの近さから離れがたくなってしまっているだけだと。

いつもなら自分でつけると意地を張って、可愛くない反応をしていた気がするけれど、今日は少し素直になってみようと思った。

世那くんも酔ってるし、このくらいならきっと大丈夫。そう思っていた。

「はいはい、つけられたよ」

あまりにも長いゼロ距離の時間が終わり、ふたりの目が合う。

この時目が合って気がついた。世那くん、絶対にもう酔いが覚めてる。

さっきまでの潤んだ目ではなくなっていて、完全にいつもの意地悪モードの世那くんになっている。

「え、いつから……」

「栞麗に近づいたら酔いより普段の俺が勝ったわ」

「なにそれっ……ん」

ぐいっと引き寄せられ、いつの間にか唇が塞がれていた。

私達のいる場所が外だということも忘れたのか、世那くんはキスをやめない。

さすがに人目が気になった私が世那くんの服を掴むと、やっと離してくれた。

「何」

「何じゃなくてここ外です！」

「いいじゃん、誰もいないし」

「さっきいました！　もう帰りますよ、明日も世那くん仕事でしょ」

世那くんは不満げな顔で私の頭から手を放す。

いつもこの手で押さえられて、全く放してくれない。一回一回のキスも長くて息がもたないのに。それに比べて世那くんは常に余裕がある。

「栞麗はキスの時息止めるから苦しくなるんでしょ」

「へっ？」

「まぁそれも可愛いけどさ」

「えっ……普通止めるものじゃないんですか？」

「……栞麗はそのままでいればいいよ」

なぜか呆れたような目で見られ、呆然とする私。

手を繋ぎ直され、結局世那くんは何も教えてくれなかった。

過去の答え合わせ

「ほんとあの後大変だったんだから！　山本は泣き出すし、何が打ち上げだよ」

「それはごめん……」

「まぁデートが楽しかったなら良し！　でも聞きたいことはいっぱいあるから。いいよね？」

　世那くんとデートした日の翌々日。私は今、日和の家にお邪魔している。

　ついこの間まで住まわせてもらっていた家のはずなのに、なんだかすごく懐かしく感じてしまう。

「山本から大体は聞いたけど、あんたやっぱモテるな」

「いやいや、日和が言う？」

「でもモテる女も大変なのね。山本探しに行ったら号泣してててびっくりしたわ」

「ご、号泣……そっか」

　話題は私と山本くんの話に。聞かれるとは思っていたけれど、未だに心が痛い。

　山本くんに関しては、すぐには友達には戻れないとまで言ってしまった。

　あの後やっぱり突き放し過ぎてしまったかと思っていたので、そのことを日和に相談すると。

「変に思わせぶりな態度取るより断然いいと思うけどなー。ま、今はどのみち辛いだろうけどね山本は」

「そうだよね」

「その後朝まで相手してあげたんだから、今度アイス奢ってね？」

「もちろんです」

　語尾に音符がついているかのように喋る日和。

　日和は人の恋愛話とか大好きだから、山本くんも相当いじられたんだろうな。

　本当に申し訳ない……。

「で、昨日とかは結局柊さんと過ごしたの？」

「ううん。世那くん当直だったしひとりだよ」

「はっ⁉　クリスマスにひとりだったの⁉」

「うん……クリスマスとか、世那くんの仕事は関係ないからね。それに、イブは一緒に過ごせたし」

「嘘でしょ……なんで言ってくれなかったわけ？　会いに行ったのに〜」

「日和は疾風くんとの予定があったでしょ。しかも私バイトだったし」

「まじでバイト入れたんだ……」

昨日はクリスマス当日だった。

世那くんはもちろんお仕事だったので、私はバイトに行って今年のクリスマスは終了。

日和にはめちゃくちゃ突っ込まれたけど、そこまでクリスマスに思い入れがない人間なので全く苦ではない。

小中学生の時も、お母さんは仕事に行ってくれていて家には誰もいなかったし。

「で？　どうだったの日和は」

「あ……うん。まぁ私の話はいいじゃん」

「え、なんで？　むしろ私は日和の話の方が聞きたいんだけど」

一方日和は私が無理矢理説得し、なんとかクリスマス当日に後輩の疾風くんと出かけたみたい。

でも実はまだ日和からなんの話も聞いていない。メッセージで聞いても会ってから話す、の一点張りだった。

「いや……まぁ、その……あれよ」

「いやどれ」

「……ったよ」

「え？」

「つ、き合うことに、なったよ」

日和は口をもごもごさせながら、恥ずかしそうに言う。

私はその言葉を聞いた途端、嬉しさで日和に抱きついた。

「ちょ、何！」

「よかった！　疾風くんおめでとう！　ほんとによかった！」

「私じゃないんかい……」

「だって疾風くんあんなに頑張ってたのに、日和永遠に気がつかないんだもん。やっとだね。あ、今度会った時おめでとうって言わなくちゃ」

よかった。本当によかった……！

日和が全然話してくれないから、だめだったのかと思っていたけど……本人でもないのに今の今まで変な緊張感があったみたいで、やっと肩の荷が下りたような感覚だった。

「やっぱり栞麗もグルだったのか」

「気がつかなかった？」

「まさか栞麗のバイトの後輩と、そんなことになるなんて思わないもん……」

日和は照れながらも、昨日のことを話してくれた。

今まで一回も恋愛対象として見てなかったのに、付き合うことにした理由も。

「告白してくれた時めちゃくちゃ手が震えてて、自分のことこんなに好きになってくれる人がいるんだって思ったから」

その話を聞いて、なぜか私が泣きそうになってしまった。本当に誰目線なんだろう。そう思ってしまうけれど、まるで自分のことのように嬉しい。

「よかったね、疾風くん喜んでたでしょ」

「うん。叫びそうになってたから止めたけど」

「めちゃくちゃ想像つくな……」

後々返ってきたメッセージも、文面だけで嬉しさが伝わってくるほど前のめりだった。

よかった……疾風くんの恋が今度こそ上手くいって安心しているのは、私情も少し入っている。

告白してくれたのは嬉しかったけど、これから私が世那くん以外の人を好きになるなんて考えられなくて、変に期待を持たせてしまうのが申し訳なかったから、はっきり断ったあの日。

疾風くんのことを傷つけてしまったのは分かっていた。

でもその確信がある以上どうすることもできなかったから、今こうして上手くいっている姿を見るとすごく安心する。

しかも相手は日和だし、きっとこれからも大丈夫だろう。

山本くんもそうだけど、きっぱりと気持ちがないことを伝えて、私のことなんか早く忘れてくれた方がいい。

そのくらい私の気持ちはもう変わらないと分かっていた。

「あ、栞麗のお迎えももうすぐかな～」

「何それ。今日はバイトないよ？」

日和がそう言ったほんの数秒後。

インターホンが鳴り、日和は誰かも確認せずにドアを開けた。

「え、世那くん⁉　なんで」

「迎えに来た。もう外暗いし」

そこにいたのはラフな格好をした世那くん。恐らく仕事帰りだろう。

「私がお願いしたらもう着くって言われてさ。はいはい荷物まとめる～」

「そろそろ日和を経由して私の情報流すのやめてよ」

「俺が頼んでんの。栞麗、たまに連絡つかない時あるし」

「そんなことないです」

確かに連絡をこまめに取るのにはまだ慣れないけど……だからって毎回親友に連絡する彼氏がどこにいるの？

毎回そう思うけれど、日和も世那くんもやめる気は全くないみたい。否めないふたりの保護者感は今日も健在だ。

「じゃあ栞麗のことお願いしまーす」

「また連絡するね、日和」

「はいはい」

日和の家を出るともう外は真っ暗。気がつかないうちにかなり時間が経ってたみたい。

「な、迎えきてよかったろ」

「うん……ありがとう」

「そろそろ時計見る習慣つけなって、俺何回も言ってるんだけどね」

「う……日和と話してると時間すぐ過ぎちゃって、気がついたら遅い時間になっちゃうんです。日和といる時限定です」

そーかね、と笑いながら呟く世那くん。

いつもと同じ道のはずなのに、ひとりで歩くよりもずっと早く感じる。

何か会話があるわけではないけど、ふたりで歩く時間が幸せで、ずっと続けばいいのにな……なんて思ってしまう。

「そういえばさ」

「んっ？」

「栞麗、親族って今はいないよな？」

「はい。……いま、せん」

「聞いたことなかったけど、父親は？」

突然自分の家族の話になり、言葉に詰まる。

今さら世那くんに言いにくい訳ではないけれど、なんとなくこの話題は苦手だ。

「私が六歳の時に離婚して出ていきました。理由は知りません。私も幼かったし」

「じゃあ今どこかでは生きてるってことか？」

「はい、おそらく……でもどうしていきなり私の父親の話なんか」

今度は世那くんが言葉に詰まっている。

聞くのは少し怖いけど、世那くんの話なので私は耳を傾け続けることができた。

「今日、病院に栞麗の父親だと名乗る男からの手紙が届いたんだ」

「え？」

「名前は真鍋孝之。この人、本当に栞麗の父親か？」

この名前を聞いたのは何年ぶりだろうか。その懐かしさに当時の感覚が蘇る。

世那くんから聞かされたのは、間違いなく私のお父さんの名前だった。

「……そうです」

「そうか。この手紙を栞麗に渡してほしいってメモが同封されてた。……もし本当にお前の父親だとするなら、渡した方がいいと思って」

「お父さん、なんて？」

「いやさすがに中は読んでない。栞麗が先に知るべきだろ」

「……そうですか」

家に着いた私は、少し早歩きでリビングに向かう。

机の上に置かれた封筒。裏には本当にお父さんの名前が書かれていた。

封筒を開ける手が震える。

お父さんに聞きたいことはたくさんある。

なぜいきなり家を出て行ったのか、今までどう過ごしていたのか、なぜ今さらこんなものを送ってきたのか。

でもまずはこれを開けないといけない。私は自分の部屋のベッドに座り、カッターで封筒を開けた。

そこには一枚の便箋が入っていて、ふたつ折りになっている。

私は深呼吸をしてから、それをそっと開いた。

栞麗へ
いきなり手紙なんか書いてごめん。そして読んでくれてありがとう。

病院で栞麗の名前が書いてある病室を見つけて、いてもたってもいられなくなってしまった。

今まで父さんは栞麗に嘘ばかりついていたんだ。

そのせいで栞麗のことを傷つけてしまったのも分かっている。本当に申し訳なかった。

栞麗のことは、お前の母さんからよく聞いていたよ。亡くなってからは施設の職員の方からも。

本当は栞麗が高校を卒業して上京する時に、全て話そうと思っていたんだ。

なのにこんなに遅くなって本当にごめん。

一度会って話したい。嫌だったらこの手紙は無視していい。

栞麗の気が向いた時には、この番号に電話してほしい。

〇〇〇-〇〇〇〇-〇〇〇〇

真鍋孝之

「謝ってばっかり。全然変わってない……」

手紙を読んで最初に浮かんだ感想はそれだった。

ナーバスな気持ちになるどころか、少し笑ってしまった私。

お父さんは気弱な人だった。すぐに謝るし、すぐに自分のせいだと思い込む。

頼りなかったけれど、その分優しさに溢れていて、大好きだった。

この手紙にも私の知っているお父さんが詰まっている感じがして、なんだかすごく嬉しいし、懐かしい。

お父さんには昔も今も、聞きたいことが山ほどある。

そのためにも電話をかけないという選択肢はなかった。

手紙に書かれている番号をスマホに打ち込む。最後の番号まで打ち終えた私は、スマホをそっと右耳に当てた。

一コール、二コール、三コールと鳴ったところで電話は繋がった。コール音が途絶え、全身に緊張が走る。

「もしもし、真鍋です」

十五年ぶりに聞いたお父さんの声。

十五年間、この声を一度も忘れたことはなかった。

きっともう聞くことは出来ないんだと思っていたのに、今電話越しで声が聞けている。信じられなかった。

「おとう、さん。私。栞麗だよ」

「し、栞麗なのか？　本当に」

私だと分かって驚いたのか、少し声が大きくなるお父さん。

自分からかけてって言ったのにそんなに驚く？と言うと、昔と同じ声で謝られた。

「まさか本当にかけてきてくれるとは思わなくて」

「かけるよ。当たり前でしょ。びっくりはしたけどさ」

「栞麗、怒ってないのか」

「怒ってないよ。でも聞きたいことは山ほどある」

「そうだよな。……ごめん」

謝らせたいわけじゃないのに、どう言ってもお父さんは謝ってばかり。

私が聞きたいのはごめんじゃない。

今すぐ会いたい。十五年分の話したい事、たくさんある。

「お父さん。私ね、本当に怒ってないし、恨んでもないよ。今はただ……会って話がしたいだけなの」

少し沈黙が続いたと思うと、お父さんは「ありがとう」と一言呟いた。

お父さんの声は少し掠れていて弱々しく、今にも消えてしまいそうだった。

その違和感の正体は、この後すぐに分かることになる。

「会う場所、どうする？　というかお父さん、今どこに住んでるの？」

「……父さんな、入院してるんだ」

「え？」

「だから後で送る住所の場所に来てほしい。今は栞麗の地元の方だから少し遠いんだ。ごめんな」

「え、待ってお父さん。入院って大丈夫なの？」

私達の会話が止まり、音がなくなる。

胸の奥がざわざわする。自分でも混乱しているのが分かって、更に動悸が増す。

何度目かの沈黙の後、お父さんは言った。

「もう長くない」

「え？」

「十五年前、大きな病気をして、その時から十年は生きられないとは言われてたんだけど」

「もしかしてお母さんと離婚したのって」

「栞麗や母さんに迷惑かけるわけにはいかないと思って。今まで言えなくてすまなかった」

背筋が冷たくなっていく感覚。よく聞いたことのある表現だけど、こういうことなのかと初めて実感した。

やっと話せたと思ったのに、一瞬で絶望に包まれた私。

何も言葉にできない私に、お父さんは続ける。

「症状が悪化して……最近までは栞麗が通っていたのと同じ病院に入院していたんだけど、地元に戻ったんだ。栞麗と母さんと暮らしていた場所に。だから最後に、栞麗の顔が見たかった」

「最後なんて……最後なんて言わないで。散々私に寂しい思いをさせておいてなんで。なんでまた、いなくなるの……？」

「栞麗、ごめん」

「そうやってお父さんはすぐ謝る……謝るくらいなら私の傍にいてよ！」

お父さんが最後、なんて言うから思わず電話越しに怒鳴ってしまった。

抑えきれなくなった嗚咽と同時に、涙が頬をつたう。

「栞麗、どうした……？」

私の声が聞こえてしまったのか、世那くんが部屋に入ってきた。

泣いている私に近づき、小声で話しかけてきてくれる。

その声で少し我を取り戻した私は手の甲で涙を拭き、再びスマホを耳にあてる。

「とにかく明日会いに行く。住所は後でメッセージで送っておいて」

お父さんが何か言いかけたような気がしたけど、返事を聞く前に電話を切った。

いつの間にかまたスマホを持つ手が震えていたことに気がつく。

これが怒りなのか悲しみなのかは分からない。

私はただ、俯きながら涙を流すことしかできなかった。

こんなの、全部夢だったらいいのに。


「おはよう栞麗。……行くんだよな、お父さんのところ」

一夜明けて次の日。

お父さんに会えるなんて、ずっと夢みていたことだったはずなのに、どうしてこうなったんだろう。

会いたいのに会いたくない。そんなよく分からない感情がずっと頭の中で渦巻いている。

私はまたひとり、取り残されてしまうのだろうか。

「帰省みたいなものだよね。だってお父さんめちゃくちゃ地元の病院に入院してるって言うんだもん」

あの後泣いていている私の傍にいてくれたのは、やはり世那くんだった。

お父さんの話も全てして、今日会いに行くことも話してある。

「栞麗、俺も行くわ」

「何言ってるんですか……世那くんは気にしないで仕事行ってください」

「もう昨日のうちに休みにした。栞麗をひとりで行かせるのは俺が心配」

「新幹線くらい乗れます……」

「馬鹿か、そういうことじゃねぇよ分かれ」

どうすんの？と言いながら、私のことを覗き込んでくる世那くん。

こっちは泣きそうなのを必死に隠しているのに、本当にずるい人だ。

「うおっ……」

「ありがとう、っすき……」

「知ってる知ってる」

涙が溢れる寸前に、私は世那くんの胸に抱きついた。

「俺とのことも認めてもらわないとだしなー」なんて言いながら、世那くんは私の頭を撫でてくれる。

「涙拭け。お父さんに会った時、そんな顔してたら心配させるぞ」

「はい……っ」

あくまで日帰り予定なので、そこまでの荷物はない。

いつもの鞄に昨日もらったお父さんからの手紙を入れ、世那くんと家を出た。

私の地元、長野県は東京から新幹線で約一時間半。そこから少し電車に乗ると住んでいた頃の最寄り駅に着く。

「もう新幹線降りてから一時間経ってるけどな」

「久しぶりに来たら全然少しじゃなかった……」

「久しぶりって、三年だろ」

三年ぶりに帰ってきた地元。

高校の卒業式が終わったその日に、施設を出た時のことを思い出す。

そういえばあの日も、最寄り駅から長野駅までの遠さに驚いたんだった。

ついこの間のように感じる高校の卒業式から、かなり時間が流れていることを思い知らされる。

「あ、多分次だと思います」

「そっから病院まではどのくらいなの」

「バスで……二十分くらい」

「……そうか」

この電車は私が高校生だった時に毎日乗っていた。

だから今世那くんとこの電車に乗っていることが、すごく不思議。

ひとりではないからかあの時の嫌な記憶が思い返されることもなく、最寄り駅まで辿り着くことができた。

「わ、ほんとに変わってない」

「さっむ……バスどこ……」

線路、電車、プラットホーム。あまりにも簡素な駅であることは三年前から何も変わっていなかった。

東京よりも明らかに冷たい風と白い雪が私達を打ちつける。

「ん？　これだったっけ」

「え、何？　迷いそうで怖いんだけど」

「時刻表の見方がいまいち分からなくて……でも、多分大丈夫です」

「怖……」

正確性の全くない私の判断で乗ったバス。

乗っているうちに、この町に住んでいた時のことを少し思い出してきた。

ほんとに三年前までここに住んでいたとは思えないほど記憶がないのは、きっと思い出す余裕もなかったからなのだと思う。

あの時は早くここから出ることしか考えていなかったし、他のことなんてどうでもいいと本気で思っていた。

『次はー○○病院前ー○○病院前ー、お降りのお客様はー……』

バスのアナウンスが流れ、私は降車ボタンを押す。

「あっ、次だ」

「合ってた、よかったわ」

「二択で外れる方がすごくない？」

初めて来る病院だった。地元で一番大きな病院ということしか知らない。

でも確かに、私が三年間住んでいた施設からも近かった。

ここにお父さんが、いるんだ。

「今までどこにいたの？」

複雑な気持ちの中、病院の入り口に着いた時、突然肩を掴まれた。

その声と感触で、振り返らずとも嫌な予感が的中したことが分かった。

「いきなり触らないでもらえますか」

世那くんがすかさず、手をどけようとしてくれる。

「ずっと探してたのに。三年ぶり……だよね」

「な、んでっ……」

世那くんの言葉が聞こえていないのか、その人はずっと私に話しかけてくる。

どうして、どうしてここにいるの。

「茉麗ちょっと離れて」

「はっ、は……や」

「何をそんなに怖がることがあるの。またあの時みたいに触らせてよ」

全身の震えが止まらなくて腰が抜けてしまう。

三年前の、あの記憶。医者がトラウマになった要因。

その人が今、私の目の前にいる。

もう一生会うことなんかないと思っていたのに。私が高校生の時に通っていた病院でもないのに。どうして。

「横の男は誰？　すっかり染まっちゃっ……痛って、何すんだよ！」

「次茉麗に何かしたらもう一発殴る」

「は、お前何言って……ぅあ！」

上手く呼吸ができない。今自分がどんな状態なのかも分からなくて怖い。

けれど今、世那くんが近くにいないことは分かる。

きっとあの人のところにいる。嫌だ。その人の所になんか行かなくていい。私の近くにいて。

「せ、なくん……？　は、せなく……ごほっ」

「栞麗ごめん。大丈夫、戻ってきたから。あいつはもうここにいないから、ゆっくり息して」

「うふ、あ……ごほ、は……くる、しい」

「大丈夫大丈夫。栞麗の近くには俺しかいない。もう大丈夫だから」

　私の声で世那くんは戻ってきてくれた。

　少しマシになった体であたりを見回すと、騒ぎを起こしてしまったせいで人はたくさんいたものの世那くんの言う通り、あの人はもういなかった。どうやら病院の人が来て、事態を収束させたようだ。

　あの人がいなくなったと思うと途端に気が抜けて、手の痺れも治ってきた。

「世那くん、ごめんなさ……もう、大丈夫」

「ほんとに？」

「……うん」

「あいつ、今ここで働いてるらしい。もう医者として働くことなんかできなくしてやるから、待ってろ」

　また世那くんが、守ってくれた。

世那くんがいなかったらと思うとぞっとする。

世那くんが意地でもついていくと言い張っていた理由を、私はこの時ようやく理解した。

「ありがとうございます……傍にいてくれて」

「ごめんな、俺がもっと早く気がついていたら」

「ううん。怖いって思った時、世那くんがいてくれてすごくほっとした。きっとひとりだったら……三年前と同じように、動けなかったと思います」

世那くんは少し傷ついたような表情をして、私のことを抱きしめてくれた。

世那くんがそんな顔する必要なんかないのに。

「お父さんのところ、少し休んでから行こうか？」

「……いや、大丈夫です。世那くんと一緒なので」

「そうか？」

まだ少し不安そうな顔をしている世那くんだったが、今外にいても無駄なことばかり考えてしまう気がした私は、早くお父さんに会ってしまいたかった。

病院独特のあの匂いに息が詰まるけれど、今日はここで立ち止まるわけにはいかない。

きっと今お父さんに会っておかないと、私はまた後悔することになる。

その思いだけで私は病室まで向かった。

やっと見つけたお父さんの病室。入り口にはお父さんの名前だけが書かれていた。

私は息を整えて、二回ノックをする。

「……はい」

ドア越しに聞こえたのは確かにお父さんの声で、でもやっぱりどこか苦しそうな、
そんな声を聞いてしまい入る前から泣きそうになった。

だめだ私。今日だけは泣きたくない。

十五年振りに再会した娘が泣いてたら、お父さんが心配するに決まってる。

深呼吸をして、私はドアを開けた。

「お父さん」

「栞麗、なのか？　ほんとに……」

「……ほんとだよ。っていうか、昨日の電話でも同じようなこと言ってたね」

「そうだったっけか」

ひとりにしては広すぎる部屋に、ベットが一台。

周りにはたくさんの機械やチューブがあって、それは全てお父さんの体に繋がっていた。

「おとう、さん……会いたかった」

お父さんの顔を見た時から、もう我慢できないことは分かっていたのに。
でもどうしてもお父さんの前だけでは泣きたくなくて、堪えていた。
そんな私の努力がなかったかのように、涙はぼろぼろと溢れていく。
会って早々泣いてしまった私に、お父さんは何回も何回も謝ってくれた。
こんなに泣かせてごめんな、とか、泣いてる栞麗の頭も撫でることができなくて
ごめん、とか。
私がほしい言葉はそんなものじゃなかったけれど、そのお父さんらしい言葉に少
し救われた。
ベットの横の椅子に座っても尚、涙が止まらない私を見てお父さんは笑う。
「栞麗、大きくなったな」
「だって最後に会ったの六歳の時だよ？　大きくなったどころの話じゃないでしょ。
別人だよ」
「ほんとだな……母さんに似て綺麗になったよ」
あぁだめだ。今お父さんに何を言われても泣いてしまう。
俯くと目に溜まった涙がどんどん流れて、服に染みていく。せっかく綺麗に仕上
げたメイクも、ボロボロになっていた。
「栞麗、今ちゃんと味方になってくれる人はいるか？」

「え？」

「近くに栞麗を守ってくれる人はいるか？　いないなら父さん安心できないよ」

「……お父さんが私の味方でいてくれるじゃん」

「……栞麗」

嫌だ。だめ。聞きたくない。それなのにお父さんが言おうとしていることがすぐに分かってしまった。

でも、それを聞いたらお父さんはどうなる？

また……私の前からいなくなるんでしょ？

だったら私はその言葉なんか聞きたくない。

……やっと会えたのに。お父さんと話したいことだって沢山あるのに。

「見て分かるだろ？」

「……だ、やだ……そんなの、信じない……」

「でももう十分なんだよ。栞麗の顔も見れたし、もう悔いはない」

散々私のことを放っておいて、死ぬ前に成長した姿が見られたからもう満足？ 勝手だ。

たくさん言いたいことがあるのに、泣いているせいか頭が回らない。

何も言葉が出てこない。

「そこにいるのは、彼氏か？」

「え」

「あっ、すみません……」

私の後を追いかけてきた世那くんが、ドアの後ろに立っていた。

申し訳なさそうに顔を出している世那くんを、私の隣に座らせるお父さん。

「あの、やっぱり僕外に」

「いい。世那くんもここにいて」

「……分かった」

どれだけ私が駄々をこねても、お父さんの病気は治らない。もう私はそれを受け止めるしかないんだ。

すごく苦しいけれど、今私に出来るのは最後お父さんに安心してもらうこと、なのかもしれない。

「お父さん、彼氏の柊世那くん。私より七個年上のお医者さんなんだけど、ほんとに過保護で心配性で面倒見のいい、優しい人なの」

「そうか……そんな人が栞麗のそばに。本当によかった」

やっと私が笑ったのを見て、お父さんはほっとした顔で肩をおろす。

その後も今までのこと、世那くんとの馴れ初めなどたくさん話した。

今回連絡が来るまでの十五年間の私の日常に、お父さんはいなかった。

大好きな両親の離婚理由も知らされないまま過ごした十五年間は、決して楽しいものではなかった。

けれど今お父さんの安心した顔が見られて、過去の苦しみが少し薄れた気がする。報われた、という言葉を使うのはおかしいのかもしれない。けれど、今までの辛かったことは全てこの瞬間のためにあったのではないかと思うくらいに、幸せな時間だった。

「じゃあお父さん、また来るからね」

「遠いんだから、そんなに気つかうなよ」

話しているとあっという間に時間は過ぎ、気がつけば新幹線の時間が迫っていた。

せっかくお父さんと話すことができたのに、もう離れなければいけないのが心寂しくて仕方ない。

「柊さんもわざわざありがとう。手紙のことも、押し付けてしまってすまなかった」

「こちらこそ、急に押しかけてしまってすみません」

目に焼き付けるように、私は病室のドアが閉まるまでお父さんの顔を見続けた。

そんな私の前で、無情にもドアはパタンと音を立てて閉まる。

その音が無性に悲しくて、泣きそうになる。

もし、これが最後だったらどうしよう。そんなことを考え始めると本当にキリがない。

受け入れなければいけないと思ってお父さんの前では堪えていたけど、やっぱり簡単には信じられない。

「大丈夫か」

「……帰りましょう。世那くんもわざわざ、ごめんなさい」

子供が私ひとりしかいなかったこともあり、両親は私のことをたくさん愛して育ててくれた。

ふたりが離婚したのは、私が六歳の時。記憶がなくてもおかしくないくらい小さい時の話なはずなのに、私は明確に覚えている。

だからお父さんが家から出て行った時は、何日もお母さんに泣きついていたことも覚えている。

今思うと、お母さんはどんな気持ちだったんだろうか。泣きついてくる小さな私を見て何も思わなかったわけがないだろう。

お母さんだって、お父さんが病気になって不安で悲しくてたまらなかったはずだ。

それなのにお母さんはそんな顔を見せずに、私のことを守ってくれた。

どれだけその後に辛いことがあっても、私は両親が大好きだったから、ここまで来られたのかもしれない。

私はこれから先もふたりのことが大好きだし、今なら胸を張ってお父さんとお母さんの子供でよかったと言える。

「新幹線の時間、大丈夫ですか？」

「余裕。何があるか分からなかったし、遅めの時間で取っておいた」

「何から何まで……すみません」

私の過去の答え合わせをするためだけにこんな所までついてきてくれる世那くんは、やっぱり優しい。お父さんにも会ってもらえてよかった。

「それより……大丈夫か。色々ありすぎて辛くなってるだろ」

「少し、だけ……」

あの医者と再会してしまったダメージやお父さんのことで、心は疲弊していた。

「ほんとに少しだけ？」

こんな時でも私の心を見透かしている世那くん。

今そんな優しい言葉をかけられたら、どうしても涙が出てしまう。

もう泣いてばかりなのは嫌なのに。

「つら、い……っ」

弱音と同時にまた涙が出た。既に泣きすぎていて少し目が重いというのに。

辛い時に優しくされることにはまだ慣れない。全部世那くんが教えてくれた。ひとりで耐えていたものを他人に受け止めてもらうだけで、人は少し楽になれること。

あの頃、誰も信じられる人がいなかった自分に一番伝えてあげたい。

未来に、あなたの味方はたくさんいると。

だからどうかもう少し、生きてみてほしいと。

＊＊＊

あの日から私はバイトを増やして、毎週末お父さんのお見舞いに行った。

店長に事情を話し、給料を日払いにしてもらうことでなんとかやれていた。

お父さんはそんな私を見て毎週なんか来なくていいと言っていたけど、少し嬉しそうな顔をしていたのが私まで嬉しくて。

その顔を見るためだけに、私は毎週東京から長野への往復を続けていた。

しかし束の間の幸せも長くは続かず、お父さんと再会した日から約三週間後。

お父さんは五十五歳で亡くなった。

映画やドラマでよくあるような、最期に言葉を残すなんてことはなく、本当に眠るように亡くなった。

ただ寝ているだけのように見えるけど、もうお父さんはいない。

お母さんは事故死で、顔や体が見えないくらい包帯が巻かれていたから、本当に亡くなってしまったんだという実感が湧いた。

けれどお父さんの場合、傷も何もない綺麗な状態で亡くなったのでまだ生きてるんじゃないかと何度も思ってしまった。

お父さんが亡くなってから三日。

今は葬儀などが諸々終わり、ひと段落したところ。

お父さんの遺品整理をしていた時、私のために遺産を残してくれていたことが分かり、今日はそれを受け取って家に帰ってきた。

離れていてもずっと私のことを考えて生きてくれていたことをついこの間知ったばかりなのに、こんなにも早くまた会えなくなってしまうとは思わなかった。

お母さんが亡くなった時はどうしていたんだっけ。

号泣してたような、ぼーっと立ち尽くしていたような。もうあまり記憶がない。

今回のお父さんの葬儀の時は後者だった。

世那くんの家に帰ってきて、やっと、魂が戻ってきた感覚。

実感が湧かなさすぎて、頭がふわふわしているのが分かる。

ショックでなのかなんなのかは分からないけど、とにかくどっと疲れてしまって、もう体が動かない。

今は平日の昼。世那くんは仕事だから、この部屋には私ひとり。

昨日から世那くんが私のことを特に気にかけてくれているのは、身に染みて感じていた。

メッセージも頻繁に連絡が来る。

ありがたいけれど、今の私には返信までできる気力がなく、既読だけつけてベッドに倒れこんでしまった。

そしてなぜだか分からないけど、お父さんが亡くなってから初めて涙が出た。

意味の分からないタイミングで涙が出るから、少し面白くて笑ってしまう。

でもそのうち笑いよりも涙の方が勝ってきて、部屋に私の嗚咽が響く。

前の私はこんなに辛いならこのまま消えてしまいたいなんて思ったのだろうけど、もうそうは思えない。

すごく辛いことがあって心が沈んだ時も、いつかは晴れると教えてもらったから。

＊＊＊

「栞麗、起きた？」

「……あ、れ。世那く、おかえり……」

知らぬ間に眠ってしまったみたいだ。

目を覚ますと横には世那くんがいて、手を握ってくれていた。

少し体を起こそうとすると、ぐわんと頭が揺れて思わず目をつぶっる。

「まだ起き上がんなくていいから。体、だるくない？　さっき熱計ったら三十八度あった」

「熱……嘘。気づかなかった」

言われてみれば確かに、体はだるいし頭痛も酷い。完全に熱だ。

帰ってきた時はここまで酷くなかったのに、いつ悪化したんだろう。

目が覚めた途端、激しい体調不良に見舞われるなんて最悪だ。

「痛っ」

「薬飲むか。ちょっと待って、持ってくる」

世那くんが持ってきてくれた薬を、私は無理矢理口に流し込む。

目を開ければ常に視界が揺れていて気持ち悪い。

心なしか喘息の症状も出ている気がするし、久しぶりにかなり辛いかもしれない。

「ちょっと疲れたんだよ。きっと」

世那くんはそう言って、優しく頭を撫でてくれる。

体調を崩してる時に優しい言葉をかけられるとすぐに涙が出そうになる。けど、もう泣くのは御免(ごめん)だ。世那くんのことも困らせたくないから。

「あ……連絡、返せなくてごめんなさい……」

「返信してほしくて送ってるわけじゃないから。気にしなくていい」

「あり、がと……」

「てかもう喋んなくていいから。しんどいだろうし」

「ごめ……ん」

「だからいい……」

「この三週間くらい……世那くんのこと、ほおっておいちゃ、った……っごほ、ぅ」

「まじで今日は喋んないで。熱下がったらいくらでも聞くから、お願い」

世那くんがあまりにも心配そうな顔で言うから、さすがに口を閉じた。

でもこうやってふたりの時間があることすら久しぶりすぎて、世那くんに話したいことや謝りたいことがたくさんある。

三週間くらい、本当に私はバイト先とお父さんの病院の往復しかしてなかった。

毎週顔を見に行くたびにお父さんが弱っていくのを感じて、さらに焦ってしまったんだと思う。

結局今思い返したら、お父さんをひとりにしたくなかった私の意地でしかなかったけど。

だから私は自分の体の限界も分からずに動き回ってしまった。

正直最後の方は精神的にも肉体的にも疲労が溜まってきて、お父さんにもそれは伝わってしまっていたと思う。

でも私は、喋れなくなるまで弱ってしまったお父さんに甘えて、隣に居続けた。

後悔はない。お父さんの最期を見ることができて良かった。


次に目が覚めた時、時計は深夜の二時を指していた。

私のベッドに頬杖をついて世那くんは寝ていた。

本当に申し訳ない。三週間ほぼ丸々ほったらかしたくせに看病まで。

つくづくだめな彼女だと反省する。

ちなみに今の体調はさっきに引き続き最悪。手元に体温計があったので計ってみると、また少し上がっていた。

飲んだ薬が全く効かない。頭がずっと殴られているみたいに痛いし、胸も少し苦しい。

寝がえりを打って、私は世那くんに背を向けた。

手をぎゅっと握りしめてひとりで耐えていたけれど、限界が来たのか頬に涙が伝った。

あぁ、だめだ。

お父さんのことと体調不良が重なって、メンタルがどん底まで落ちている。

強がって悲しくないふりをしていただけなのかもしれない。一時的なものだって分かっていても、やっぱり辛いものは辛い。

こうやって布団の中で泣いていると、施設に入ったばかりの頃や上京したての頃を思い出す。

あの頃も相当ボロボロだった。その時と比べたらこんなのなんてことない。

大丈夫、大丈夫、大丈夫……。

「どうした。……目、覚めちゃった？」

後ろから世那くんの声が聞こえて、私の背中に少し冷たい手が触れた。

慌てて頬に垂れた涙を拭くけど、きっともう手遅れ。

「ちょっと喘息の発作出てるな。これ飲める？」

やっぱり隠そうとしても世那くんには全てお見通しだった。

体を起こして薬を飲むけど、無理矢理抑えようとしたせいでさらに症状が悪化してしまった。

あれ……、今まで発作が起きた時はどうしてたんだっけ。

ひとりでいる時にも発作が起きたことはあるはずなのに。

「栞麗、急がなくていいから、ゆっくり息吸って」

私は苦しさのあまり、我を忘れて世那くんにしがみつく。

酸素を求めて息を吸い込む動作と喘息の症状が体の中でぶつかって、上手く呼吸ができない。いつもの発作なんかよりも何倍も苦しい。

「……あ、瞬太ごめん今から外来いける？　ちょっと栞麗やばそうだから連れ――」

すぐ近くで世那くんが誰かと話しているのが分かる。

でも今の私に目を開けられる気力などない。

熱のせいで人間はここまでだめになれるんだな、なんて他人事のように考えていると、私の意識はまた途切れた。

＊＊＊

突然騒がしい声達が頭に入ってきて、耳を塞ぎたくなる。

世那くんの家ってこんなにうるさかったっけ。

そういえば私熱出してたんだ。ということは私はまた病院にいるのかもしれない。

恐る恐る目を開ける私。目を開ける前はたくさん人がいる気がしたけど、いざ周りを見渡すと誰もいない。

世那くんさえもいなかった。

部屋の色やベッドの周りの機械から、病院であることは間違いない。私……昨日どうしたんだっけ。

お父さんの葬儀が終わって寝落ちしたら熱があって、そこからの記憶がほとんどない。

体を起こしてみると、腕に点滴が刺さっていて思わず目を逸らす。

少し腕が痛い原因は点滴だった。

「あれ起きてる」

「あ、世那くん……私昨日の記憶があんまりなくて。熱が出て苦しかったことしか覚えてなくて」

「元気になったのなら何よりです。はい点滴抜くから貸して」

私の病室だと分かっている世那くんはノックもせずに入ってきた。

世那くんは私の腕に刺さっている点滴を抜き、聴診をする。

「ん、もう大丈夫。辛くない？」

「今は全然……」

「ならいいや。午後には退院できると思うから先帰ってな。あ、一応忠告しておくけど今日はバイト行くなよ」

「分かってます」

熱も下がって世那くんとも普通に話してたから少し忘れてたけど、もう長野には行かなくていいんだ。

バイトにも毎日入る必要がないし、週末は家でゆっくり眠れる。

もう無理に日払いにしてもらう必要もないんだ。

嬉しいことなんだけれど、もちろん素直には喜べない。

「じゃあ……俺戻るけど、大丈夫？」

「うん。お仕事頑張ってください」

そう言って世那くんを見送った少し後に、私は手続きを済ませて無事に退院した。

昨日の体調が嘘かのように回復した私。

待ち時間に、日和から大量の心配メッセージが入っていることに気がつき、病院にいることを伝えると迎えに来てくれて。

私は忌引で休むことができたけれど、日和は次の授業があったのにもかかわらず、すっぽかして来てくれたみたいだった。

日和は会った瞬間に痛いくらいの力で抱きしめてくれて、少し気持ちが楽になった。

「ほんと……栞麗は自分の限界がいつまで経っても分かんないんだから！　でも今回は許す。本当、よく頑張ったね」

「ふふ……日和、みんな見てるから離してよ」

「私は全然見られたって構わないもんね。ついこの間まで栞麗の彼氏になろうとしてたくらいだし」

「はいはいありがとう」

私はわざとぶっきらぼうな口調で返す。

そうでもしないと、今にも泣きそうなのを隠せなくなりそうだった。

「この後うち来るよね？　授業すっぽかしてきたんだからちょっとは話聞いてよ」

「……聞くだけだよ？」

結局、最終的には私の話も聞いてもらって、なぜかふたりで号泣した。

日和の存在がどれだけありがたいかということを、ひしひしと感じた私。

六年前、お母さんが亡くなった時。私はずっとひとりで泣いていた。

外で泣いていても、施設で泣いていても、誰も私の涙に気づいてくれる人はいなかった。

でも今は、ひとりじゃない。

世那くんや日和がいる。いざとなったら瞬太さん達だって。

そんな風に寄り添ってくれる人が隣にいること、それが当たり前じゃないことを噛みしめて、私はこれからも生きていく。


「うっわ」

「世那くん、何も聞かないで触れないで」

「分かってるよ。高橋さんありがとう」

「柊さんってほんと顔に出やすいよね〜。じゃ栞麗、明日ね」

「うん」

夜。世那くんはまんまと日和の家で泣きつぶれた私のことを迎えに来てくれた。

昼から日和と飲んでいたら、途中からお酒も涙も止まらなくなってしまった。

きっと今、相当酷い顔をしているんだと思う。

迎えに来てくれた時の世那くんの顔も、明らかに引きつっていたし。

かなり飲んだけど、酔いは結構覚めていて思いのほか頭ははっきりしている。

ただ泣きすぎて少し頭痛がするくらい。

「これ帰ってすぐ冷やさないと明日まで腫れ治らないなー……」

「昨日からずっと泣いてるからな。そりゃ目も腫れる」

あ……やっぱり私昨日も泣いてたのか。

起きた時微かに頬が濡れていたのは、気のせいじゃなかったんだ。

「でもおかげでかなり回復しました。世那くんも……迷惑かけてごめんなさい」

「謝んの禁止って、いつか言わなかったっけ」

「……聞いてないです」

「じゃあもう一回言う。謝んの禁止。俺に隠れて泣くの禁止。変に無茶するの禁止」

「なんか増えてるし……ばか。過保護」

最初は過保護すぎて引いていた世那くんの過保護具合も、今は嬉しい。

本人には言えないけれど、私だって世那くんのことになったらきっと過保護になってしまうのだろう。

「あ、そういえば明けましておめでとうございます」

「もうかなり過ぎてますけどね」

「私も今年四年生か……」

「そうだな」

年を越したことをやっと実感したと同時に、自分がもう四年生になることに気がつき怖くなった。

「……来年の卒業式、お父さんにも来てほしかったな」

「そうだな。俺じゃそこの枠は埋められないし」

「え、世那くん来てくれるんですか？」

「行かなくてもいいけど？」

「き、来てください！」

高校の卒業式は両親も友達もいなかったからすぐに帰ってしまった。

周りはみんな友達や親と一緒にいて、写真を撮ったりしていた。

その眩しいところに、あの時の私の手は絶対に届くことがなくて。

世界で自分だけがひとりなんじゃないかって、本気で思っていた時期もあった。

でもそれは違った。

孤独を感じる時があってもそれはきっと本当に自分を大切にしてくれる人、したい人に出会えていないだけ。

その人に出会うタイミングは人それぞれで、早い人もいれば遅い人もいる。

私は去年、そんな人に家族以外で初めて出会った。

不愛想で口も悪くて、彼のことを何も知らない人からしたら誰かを大切にする、なんて言葉から最も離れていそうな人。

今思い返せばそんな第一印象、面白すぎる。

「何ひとりで笑ってんの。……怖」

「口はやっぱり悪いんだよなぁ」

「え、ほんとに何？」

隣で困ったように笑う世那くん。私が初めて隣にいたいと思った人。

『お父さん、私……多分今一番幸せだよ。だからもう心配しなくて大丈夫。これからはお母さんの分も、お父さんの分も頑張って私が生きるから』

お父さんが亡くなる直前に伝えたこの言葉。

昔の私がこの言葉を聞いたら、綺麗事でしかないと思っただろう。

誰にも気づかれなかった小さな星をここまで輝かせてくれたのは、間違いなく世那くんだった。

それぞれの道へ

あれから一年と少しの時間が経ち、私は人生で二十二回目の春を迎えた。

凍り付くほど寒かった季節もいつしか終わり、春の暖かさが私達を包む。

そして今日、四年間の大学生活が終わろうとしている。

「栞麗！　疾風が写真撮ってくれるって！」

「はーい今行くよ！　ごめん世那くんこれ……」

「持ってるから行ってこい」

「ありがと」

無事に式が終わって、今からみんなで写真を撮るところだ。

四年間丸々通った大学に、明日から一切通わなくなるって本当に不思議な感じ。

まだ全く実感が湧いていない。

明日からその実感がじわじわとくるんだろうなと思うと寂しくて、ずっとこの時間が続けばいいのにと願わざるを得なかった。

「先輩もう少し寄って！　あ、はいそこ！　撮りまーす。はいチーズ！」

「あーだめだ泣いちゃうって……。どうしよう栞麗」

「写真撮り終わるまでは我慢！　って、わーっ日和泣いてる、ごめん疾風くんストップ！」

なぜか式の途中ではなく、写真を撮るタイミングで泣き始める日和に一同爆笑。

本人いわく、急に実感が湧いてきてしまったとのこと。なんとも日和らしい。

そんな日和も、就職は一発で第一希望の一般企業に内定を決めていた。

いざという時に強いのも日和らしい。

「ごめん疾風、多分もう大丈夫……」

「いや止まってないから！　まぁ一枚は撮れたし、これでどうですか？」

「うん大丈夫！　日和は確認してないけど多分大丈夫！」

写真を撮ってくれたのは日和の彼氏、疾風くん。

元々は私のバイトの後輩だったけど、一昨年のクリスマスにくっついてそれからずっと続いているふたり。

一年生だった疾風くんも春から三年生。

私は就職が決まった四年の冬くらいにバイトは辞めちゃったけれど、今も日和の彼氏として仲良くしてもらっている。

そんな私はというと、春からは都内の科学館でプラネタリウム職員として働くことに決まった。

一般企業への就職も考えたけれど、やっぱり大人になっても自分の好きな星や宇宙に触れていたいと思い、この仕事を目指すことに。

でもなかなか定員の幅が少なくて、就職は想像していたよりも大変だった。

結果的には決まってひと安心だけれど、周りがどんどん内定をもらってる中、冷や冷やしながら過ごしていたのも事実。

内定をもらえたのは一つだけだったから、決まった時には世那くんと大喜びした。

その日がもうすごく前のように感じる。

それと、世那くんに奨学金分のお金を前借りすることになっていた話。

結果、世那くんからはお金を借りずにお父さんが残してくれた遺産から使わせてもらうことにした。

改めて、たくさんの人の力を借りてここまでこれたんだなと実感する。

無事に卒業できたことも、今度両親ふたりに報告しなければ。

「改めて全員卒業、おめでとう！」

「おめでとー！」

その後は同じ学科のみんなと飲み会。

謝恩会という形を取る選択肢もあったらしいけど、うちの学科は人数が少なかったため飲み会で済まそうということになった。

そんな私達の学科では、四年間誰ひとり留年することなくストレート卒業ができたそう。よく留年生が出る学科で有名だったので、かなりの奇跡らしい。

確かに真面目な人達が多かったと思うし、私には合っていたなとつくづく思う。

でもやっぱり、この学科のまとめ役は最後まで山本くんだった。

私はあれからよく話すことはなくなってしまったけど、こういう集まりの時には毎回助けられていた内のひとり。

最近の山本くんのことは全く知らない。

あの時からもう一年以上経ったし、最後だけ山本くんと話すことを特別に許してほしい。

そう思い、私は空いている山本くんの隣の席に座った。

「えっ……!?　斎藤さ、なんで」

「そんなに驚く？　普通の会話くらいはしてたじゃん」

「そうだけど……斎藤さんはもう僕と話したくないんだと思ってた」

「違うよ。告白してもらって断った分際なのに、図々しく友達でいるなんて無理だっただけ……ごめんね」

分かりやすい二度見をして、山本くんは目を丸くさせている。

確かにあの時の言い方だと、もう関わりたくないと言ってしまったも同然だったのかもしれない。

仮にも当時山本くんは私のことを好きでいてくれたのに、本当に酷い突き放し方をしてしまったと定期的に思い返しては、ひとりで反省していた。

「なんだ……じゃあ斎藤さん、僕のことが嫌いになったわけじゃ」

「ないよ！　やっぱりあの日……言い方キツかったよね。今さらだけど本当にごめんなさい」

「いやいや謝らないで！　今こうやって話せて誤解が解けただけで僕は嬉しい。それ以上なんか望んでないよ」

一年以上ぶりにふたりで話しても、山本くんは山本くんのまま。

普段の山本くんの印象とは少し違う幼い笑顔を久しぶりに見られて、私まで笑顔になれた。

「ちょっとそこ、いちゃいちゃしない！　いや今日くらいいいけどさ！」

「日和よく見て。私達話してるだけ」

「同じだし！　てかこのふたりが話してるの久しぶりすぎるんだけど。よかったね山本！」

「ちょ、高橋さん。ごめん斎藤さんなんでもないから」

「ほんとに言わなくていいの？　今日で卒業だよ、会えなくなるんだよ！」

酔いに酔った日和が突然私達の会話に乱入してきた。

そして日和は、山本くんに何かを言わせたくてしょうがないみたい。

日和によるとふたりはこの一年の間で飲み友達として仲良くなり、その話は少しだけ聞いていた。

だから私と山本くんほどの距離は感じない。むしろ近い。

また疾風くんに怒られるぞと思いながらも、こうなった日和は歯止めがきかないので、私は諦めて少し離れた所から見守っておく。

「いや言わないから……」

「山本がそれでいいならいいけどさ、せっかくふたりで話せたんだよ？　一年以上振りよ？」

「……分かった。分かったから、高橋さんはちょっと席外してよ」

「よし！　じゃ、琹麗また後で」

「いや最後の最後まで分かんなかったんだけど」

いきなりやってきて、嵐のように去っていった日和。

残された私。と、なぜか眉間にしわを寄せている山本くん。

やってくれたな日和と思っていると、険しい顔をした山本くんが話し出した。

「ごめん……いきなり意味分かんない、よね」

「うん……今のところは？」

「あれから高橋さんにはちょっとだけ話とか聞いてもらっててさ。だからあんなこと言ってきたんだろうけど……」

話し出したはいいものの、どんどん声が小さくなっていく山本くんを私は見守ることしかできない。

この流れだとやっぱり、何か私に言いたいことがあるんだろう。

日和も言わなくていいのか、みたいなことを連呼していたし。

けれど私は山本くんを待つことしかできない。

「実はあの日……斎藤さんに俺がちゃんと告白した日。今までもう忘れてます、みたいな顔してたけどやっぱり無理だったんだ」

「無理？」

「隠れてずっと好きだった。この一年以上。初めて好きになったのは一年の時だから、四年間ずっと。こんなこと引かれると思って言えなかったけど、斎藤さんのことが今でも、好き」

山本くんの目がまっすぐに私を見てきて離さない。

どう答えればいいか分からなくて、思わず目を逸らそうとした時だった。

「でもそれも今日でやめる。伝えたかったのは、ずっと好きでいてごめんってことだけ」

「なんで謝るの……今はびっくりしてるけど、嬉しい」

「ほんとに？　僕なんかに四年も好かれてたって、嬉しくもなんともないでしょ」

「好きって言われて嬉しくない人っているのかな。少なくとも私は今嬉しいって思っちゃったよ。だめなのかもしれないけど」

私のことをそんなにも長く想ってくれている人がいたことがまず奇跡のようなことだし、気持ちに応えられないのがすごく申し訳なくなるけれど。

でもやっぱり嬉しいし、ありがとうという言葉が真っ先に心の中に出てきた。

「振られてからもどうしても、斎藤さんを目で追っちゃう。最初はやっぱり少し辛かったけど、途中からはその気持ちもなくなったんだ。視界に入った時に笑っている斎藤さんを見れるだけでいいなって……ごめんキモいよね」

「そんなことない」

「さすがにそろそろ気持ちがなくならないかなって思ってた、んだけど。でも無理で、自分から辞めることにした」

「……うん」

「俺今からまたキモいこと言っちゃうかもだけど、いい？」

そんな謎の前置きする人は初めてで、思わず笑ってしまった。

いいけど、何？と笑いながら聞くと、山本くんは少し照れたようにして言う。

「斎藤さんは、今までの僕の人生で一番好きになれた女の子でした」

＊＊＊

「早かったな」

「おぉ世那くんいたの……ただいま」

家に帰ると、リビングでパソコンを開いていた世那くん。

あまりにも静かだったから気が付かなくて、また可愛くない反応をしてしまった。

「さすが真面目学科。まぁその方が俺も安心だけど」

「お酒強い人いなかったからね、最後の方は寝てる人いっぱいだったよ」

目を離した隙に日和も寝てしまって、なんとか家に送っていったところだし。

でもみんなと話して飲んで、やっと卒業の実感が湧いてきたというか。

あぁもう一ヶ月後には、自分もみんなも学生じゃないんだなって。

みんながそれぞれの道に進むことが寂しくて。

式では一滴も出なかった涙が出てしまうし、終いには、卒業したくないな……と呟いてしまった。

「なんでそこずっと突っ立ってんの。こっちおいでよ」

私は鞄からひとつの封筒を取り出して、世那くんの隣に座った。

もちろん世那くんもそれには気づいていて、不思議そうな顔で私を見ている。

「え、何怖いんだけど」

「これ。私から世那くんに」

「は、え？　これ手紙？」

私から世那くんの手に渡った、白い封筒。

まさか手紙だと思わなかったのか、世那くんは目を丸くしている。

今まで生きてきた中で自分から誰かに手紙を渡したのなんか初めてで、こんなにも恥ずかしいものなのかと思い知った。

確かに手紙を書いている時から多少恥ずかしかったけれど、そんなものとは比にならない。

「なんで俺？　いやめちゃくちゃ嬉しいけど、俺でいいの？」

「ほら、成人式の時とか大学の卒業式の時に子供から親に手紙渡すことあるじゃん。それで……世那くんには色々助けてもらったし、ありがとうって意味で……」

「まじか。俺、手紙とかもらったの初めてなんだけど」

「……いらないならいい」

「誰もいらないなんて言ってない。ねぇ読んでいい？」

あげた理由を本人に話すのも恥ずかしかったのに、目の前で読みだそうとした世那くんを私は全力で止める。

せめて私のいないところで読んでと言うと、仕方なさそうに自分の部屋に手紙を持っていった。

普段世那くんを前にしたら絶対に言えないようなことまで書いてしまったから、本当に恥ずかしい。

まさに今、手紙を読んでくれているのだと思うと、そわそわしてリビング中を歩き回ってしまった。

私がそわそわすること約数分。

やけに長いなと思い、世那くんの部屋をそっと覗く。

「……まだ？」

「ん？　今、五周目」

「何してんの⁉　こっちはずっとそわそわして過ごしてたのに！」

やはりとっくに読み終わり、さらに何度も読み返していた世那くん。

恥ずかしがって手紙を取ろうとする私を、意地悪そうな笑顔で面白がっている。

悔しい。やっぱり私らしくないことなんかするもんじゃない。

「もうやだ、渡さなければよかった……」

「嘘、ごめん。嬉しかったって」

いつの間にか、壁に追いやられる形で世那くんに捕らえられていた。

恥ずかしすぎて目も合わせられない私を、世那くんはどんな顔で見ているのだろうか。

「……馬鹿にしてるんでしょ」

「いつ俺が馬鹿にしたよ。嬉しくて五回読んだだけじゃん」

「面白いって思ったんでしょどうせ……」

「かわいいなとは思ったけど」

「ほらやっぱ、り……」

思わず顔をあげた瞬間、世那くんの唇が触れた。

真っ赤になった私の顔から、世那くんの冷たい手へと熱が移っていく。

「言っとくけど俺がこんなに好きになった女の子、栞麗が初めてだからね」

「え……？」

「前に栞麗が言ってたから」

そんなこと言ったっけと思いつつも、世那くんの言葉は嬉しかった。

世那くんに渡した手紙を書いたのは一週間前くらい。

ふと思い立って夜中に書いた手紙だからほとんど何を書いたのか思い出せないけど、多分今思い浮かんでいる言葉はきっとあの手紙にも書いたんだと思う。

「ねぇ、そういえば最後のってプロポ……」

「い、いつかの話だから！　今じゃないから！」

「そのいつかはいつになるかねー」

私の目標は十年、二十年後にこの手紙を読み返した時。

その時まで君の隣にいることだ。

＊＊＊

世那くんへ
今回は大学卒業といういい機会なので世那くんのことを思いながら、普段言えないようなことを今回の手紙では書こうかなと思います。
私らしくないかもしれないけど、許してね。
世那くん、私のことを見つけてくれてありがとう。

どん底だった私を可哀想と思わずに、ひとりの患者として接してくれた世那くん、あなたに私は救われました。

今は彼氏として私の傍にいてくれていること、本当にありがとう。

世那くんと出会わなかったかもしれないことを考えると怖くなるくらい、私は世那くんに色々なことを教えてもらったと思ってる。

人のことが信じられなくて、未来に希望を持てなかった私が、ここまで毎日を楽しく過ごせるようになるには自分ひとりだけの力じゃ絶対に足りなかった。

今の私に、世那くんはいなくてはならない存在だよ。

世那くんにとって私はそんなに大きな存在になれている自信はまだないし、これは私のワガママになってしまうのかもしれないけど、これからもずっと世那くんの隣にいるのは私がいい。

誰よりも大好きです。世那くんに見つけてもらえて幸せだよ。

栞麗より

End.

あとがき

初めまして、透乃 羽衣です。

この度は私自身初めての書籍化となる『無口な担当医は、彼女だけを離さない。』をお読みくださり、本当にありがとうございました。

この作品を完結させたのは約一年前のことで、編集部の方から書籍化のお話をいただいた時は物凄く驚きました……。未だに現実味がありません。

こうしてあとがきを書けているのも、たくさんの方がこの作品に携わってくださったおかげです。心よりお礼申し上げます。


この作品は主人公の栞麗が世那と出会い、過去の自分と向き合いつつ幸せな未来を探していくお話になっております。誰しも向き合いたくない過去があるけれど、それをどう受け入れて生きていくのかということをテーマに栞麗の設定を考えていきました。私自身この作品を書いていた頃、過去に踏ん切りをつけて前を向きたいと強く思っていたこともあり、栞麗というキャラクターにそれがすごく表れているなと一年越しに感じました（笑）。

世那はとにかくかっこよく、自分が辛い時にこんな年上の男性が近くにいてほしい……！と感じていただけるようなヒーローを目指しました。無愛想で一見冷たそうな世那ですが、栞麗だけにしか見せない優しさや不意に見せる可愛さなどにきゅんきゅんして読んでいただけたらとても嬉しいです！

久我山ぼん先生が描いてくださったカバーイラストを見ながら読んでいただくと更にふたりの会話などが想像しやすくなるかと思います。栞麗は制服風な洋服で可愛く、世那は医者という職業を存分に生かしかっこいい白衣姿を描いていただきました！　とても可愛くて素敵なイラストをありがとうございます。

最後になりますが、数ある作品の中からこの作品を手にとってくださり本当にありがとうございます！　どうか読んでくださった方が一人でも多く、この作品で笑顔になっていただけたら嬉しいです。

また別の本で皆様にお会いできるよう、頑張ります！

二〇二四年三月二十五日　透乃 羽衣

作・透乃 羽衣（とうの・うい）

埼玉県在住。映画鑑賞と甘いものが大好きな高校生です。休日は家に籠って小説を書きながらゆったりと生活しています！

絵・久我山ぼん（くがやま・ぼん）

岐阜県出身、9月生まれの乙女座。締切明けのひとりカラオケが最近の楽しみ。2018年漫画家デビューし、noicomiにて『1日10分、俺とハグをしよう』（原作：Ena.）のコミカライズを担当。

透乃 羽衣先生へのファンレター宛先

〒104-0031
東京都中央区京橋1-3-1 八重洲口大栄ビル7F
スターツ出版（株） 書籍編集部気付
透乃 羽衣先生

無口な担当医は、彼女だけを離さない。

2024年3月25日　初版第1刷発行

著者　透乃 羽衣 ©Ui Touno 2024

発行人　菊地修一

イラスト　久我山ぽん

デザイン　カバー　AFTERGLOW
フォーマット　栗村佳苗(ナルティス)

DTP　株式会社 光邦

発行所　スターツ出版株式会社
〒104-0031
東京都中央区京橋1-3-1 八重洲口大栄ビル7F
TEL 03-6202-0386(出版マーケティンググループ)
TEL 050-5538-5679(書店様向けご注文専用ダイヤル)
https://starts-pub.jp/

印刷所　株式会社 光邦

Printed in Japan
ISBN 978-4-8137-1559-7 C0193